Colecção Literatura de Macau

·散　文·

# 我与天蝎相望

公荣 / 著

作家出版社

# 澳门文学丛书

## 编委名单

# 总　序

　　值此"澳门文学丛书"出版之际，我不由想起1997年3月至2013年4月之间，对澳门的几次造访。在这几次访问中，从街边散步到社团座谈，从文化广场到大学讲堂，我遇见的文学创作者和爱好者越来越多，我置身于其中的文学气氛越来越浓，我被问及的各种各样的问题，也越来越集中于澳门文学的建设上来。这让我强烈地感觉到：澳门文学正在走向自觉，一个澳门人自己的文学时代即将到来。

　　事实确乎如此。包括诗歌、小说、散文、评论在内的"澳门文学丛书"，经过广泛征集、精心筛选，已颇具规模。这一批数量可观的文本，是文学对当代澳门的真情观照，是老中青三代写作人奋力开拓并自我证明的丰硕成果。由此，我们欣喜地发现，一块与澳门人语言、生命和精神紧密结合的文学高地，正一步一步地隆起。

　　在澳门，有一群为数不少的写作人，他们不慕荣利，不怕寂寞，在沉重的工作和生活的双重压力下，心甘情愿地挤出时间来，从事文学书写。这种纯业余的写作方式，完全是出于一种兴趣，一种热爱，一种诗意追求的精神需要。惟其如此，他们的笔触是自由的，体现着一种充分的主体性；他们的喜怒哀乐，他们对于社会人生和自身命运的思考，也是恳切的，流淌着一种发自肺腑的真诚。澳门众多的写作人，就这样从语言与生活的密切关联里，坚守着文学，坚持文学书写，使文学的重要性在心灵深处保持不变，使澳门文学的亮丽风景得以形成，从而表现了澳门人的自尊和自爱，真是弥足珍贵。这情形呼应着一个令人振奋的现实：在物欲喧嚣、拜金主义盛行的当下，在视听信息量极大的网络、多媒体面前，学问、智慧、理念、心胸、情操与文学的全部内涵，并没有被取代，即便是在博彩业特别兴旺发达的澳门小城。

文学是一个民族的精神花朵，一个民族的精神史；文学是一个民族的品位和素质，一个民族的乃至影响世界的智慧和胸襟。我们写作人要敢于看不起那些空心化、浅薄化、碎片化、一味搞笑、肆意恶搞、咋咋呼呼迎合起哄的所谓"作品"。在我们的心目中，应该有屈原、司马迁、陶渊明、李白、杜甫、王维、苏轼、辛弃疾、陆游、关汉卿、王实甫、汤显祖、曹雪芹、蒲松龄；应该有莎士比亚、歌德、雨果、巴尔扎克、普希金、托尔斯泰、陀思妥耶夫斯基、罗曼·罗兰、马尔克斯、艾略特、卡夫卡、乔伊斯、福克纳……他们才是我们写作人努力学习，并奋力追赶和超越的标杆。澳门文学成长的过程中，正不断地透露出这种勇气和追求，这让我对她的健康发展，充满了美好的期待。

毋庸讳言，澳门文学或许还存在着这样那样的不足，甚至或许还显得有些稚嫩，但正如鲁迅所说，幼稚并不可怕，不腐败就好。澳门的朋友——尤其年轻的朋友要沉得住气，静下心来，默默耕耘，日将月就，在持续的辛劳付出中，去实现走向世界的过程。从"澳门文学丛书"看，澳门文学生态状况优良，写作群体年龄层次均衡，各种文学样式齐头并进，各种风格流派不囿于一，传统性、开放性、本土性、杂糅性，将古今、中西、雅俗兼容并蓄，呈现出一种丰富多彩而又色彩各异的"鸡尾酒"式的文学景象，这在中华民族文学画卷中颇具代表性，是有特色、有生命力、可持续发展的文学。

这套作家出版社版的文学丛书，体现着一种对澳门文学的尊重、珍视和爱护，必将极大地鼓舞和推动澳门文学的发展。就小城而言，这是她回归祖国之后，文学收获的第一次较全面的总结和较集中的展示；从全国来看，这又是一个观赏的橱窗，内地写作人和读者可由此了解、认识澳门文学，澳门写作人也可以在更广远的时空里，听取物议，汲取营养，提高自信力和创造力。真应该感谢"澳门文学丛书"的策划者、编辑者和出版者，他们为澳门文学乃至中国文学建设，做了一件十分有意义的事。

是为序。

2014.6.6

# 目　录
CONTENTS

# 再进"新园地"*

时间过得真快，屈指一算，没有在新园地写专栏差不多已有四年了。几年前因工作关系，悄悄地在新园地消失，当时认为，对于写文章，自己是新丁一名，新园地高手云集，自己悄然停笔，应该没有人留意的。朋友问我为何不再写东西，我一般会含糊地答工作忙。工作忙是真的，但我没有告诉朋友，我忙就是忙于写东西，只是所写的不是信函便是报告之类。这些实用性较强的文章，与我手写我心、感情用事的专栏式文章大有分别。适应环境是人最大的本能，为应付工作需要，我只得改变读书的习惯，平日除了读《秋声赋》《前赤壁赋》等抒情性的文章外，我还多读了一点议论文，目的是偷师，希望多学一两度散手，增强自己文章的议事能力。读读写写，我就这么消磨了几年光阴。

记不起哪个文学家曾谈过，他说书海浩瀚，读书要有方法，例如首先要读一些选本文章，发觉某些作者的文章耐读而且合自己胃口，然后才找这个作家的专集来读，这样读书才会有效，也对全面了解作家有很大的帮助，我在读欧阳修全集时也有这种感觉。《古文观止》收入欧阳修的文章只有十三篇，但他的全集厚厚的两本共一千三百多页，除了过千首诗词外，全都是文章，当然，这些文章包括奏疏、论、策论等合于时用

---

\* 新园地为《澳门日报》副刊的专栏名称。

的东西。而抒情性与实用性文章的分量，可以说是完全不成比例的。读完欧阳修全集有一个印象：古代士大夫，当见用或受重用时，必然是倾向于写议论文的，到写抒情文的时候，大概都是靠边站了。欧阳修写《峡州至喜亭记》《醉翁亭记》时，正是被贬谪在外的时候。一旦在朝廷用事，他只有写《朋党论》《与高司谏书》之类议论性的文章了。

读全集还有一点历史知识的收获，一般人对包拯的认识除了包青天还是包青天，但欧阳修文章中的包公却有另外一个形象，例如《论包拯除三司使上书》一文中，他指包拯荷责宰相起用张方平任三司使不当，而僚属们也跟随起哄攻击，基于舆论压力，宰相改宋祁，包拯同样攻击，宋祁又下台，结果改任包拯为三司使，包拯并不避嫌接受任命，欧阳修就是针对此点，他指出，"今拯屏逐二臣，自居其位，使后来奸佞者得以为说，而惑乱主听。"而对包拯的评价则是："如拯者，少有孝行，闻于乡里，晚有直节，著在朝廷。但其学问不深，思虑不熟，而处之乖当，其人亦可惜也。"当然，他对包拯的看法未必全对，但历史上的包公不是戏剧中的包公是肯定的。

# 永不回来的时光

电话筒传来一把声音："公荣兄，你还记得那套罗汉拳吗？我想……"我先是错愕，定一定神才明白是怎么一回事。这位老同学，年轻时与我同门习武，不过他是火麒麟型（周身瘾），踢球、跑步、爬山、乒乓球、游泳样样皆玩，可惜就是从来没有正正经经耍好一套拳，三十多年后，却突然要重温习武梦。

人生的可贵、可爱、可悲，正因为是单程路，只许回顾但不可重来。李白曰："高堂明镜悲白发，朝如青丝暮成雪。"一声轻叹，那种不可挽回的失落感，沉重得令人心碎。这就是人生，有着不可逆转的无奈。只要踏入中年，光阴的飞逝，并不是留在虚幻的字里行间，而是直接表现在现实上。头上的白发，脸上的皱纹，腰身的臃肿，反应的迟钝，所有都是可触可见的现实，骗得了别人却骗不了自己。年轻时，我可以连踢两场小球而面不改色，可以独自一人跑步到路环再跑回来，饮点水，稍作休息，又可以高谈阔论了。少年往事只堪回首。我暗笑老友痴傻，以当爷爷的年纪，却想耍弄三十年前的拳，恐怕是午夜梦回的呓语吧！

年轻的会长大，朱颜会变鹤发。以往每年，我必带儿子到香港海洋公园，他在"儿童天地"那里，钻堡垒、爬绳梯玩得不亦乐乎。三年前重临旧地，他同样满怀兴奋地跑到那里，可是，他修长的身体只三步便爬到绳梯顶。钻到微型城堡，头便顶着上盖，在窄窄的通道里猫着身体挪动，仿似巨人到了小人国，只张弄了一会儿便坐在我身旁饮汽水了，神情有点落寞。我望着这张满是汗水还带稚气的脸，知道从今以后，他不会再到这里了，他已告别了童年，我亦完成带他到儿童游乐场活动的任务了。事实上，从那时开始，他渐渐不再需要我带他活动了。假期饮茶，也要大家先约时间，生活就这么悄悄地进入了另一个阶段。遇见年轻朋友埋怨小淘气碍手碍脚，我会拍拍他的膊头说道：不要埋怨，这是人生中最珍贵的时刻，也是小淘气最需要你的时候，一旦错过，这样的时光永远不会再来。

# 贪新忘旧

据报道，如果五天内英国的珀思夫妇不闹婚变或蒙主宠召，到六月一日，他们便完成八十载的婚姻生活了，这是一项新的健力士长寿婚姻纪录。这对夫妇恩爱八十载，说起来很简单，每晚临睡时吻吻对方而已。这是人人可做的事，不过，到了七老八十，他或她除下所有的假牙假发之际，然后将干瘪的嘴巴拱过去吻同是布满皱纹的脸孔，施与受都要有点勇气。今年一百零五岁的珀思有一个习惯，就是每晚太太一定要握着他的手才能入睡。《诗经》有一句感人肺腑的话："执子之手，与子偕老。"想不到这话竟应验在万里迢迢外的英伦三岛上。

这句诗相信是中国人对婚姻最大的期许。儒家老祖宗以《诗经》为教化之本，常说："诵诗三百。"但孔门信徒并没有按这个标准要求自己。皇帝可拥三千妃嫔，历代律例当然就不会反对纳妾了。士子文人更以风流自命，连满怀深情地唱出"夜来幽梦忽还乡，小轩窗，正梳妆。相顾无言，惟有泪千行"的苏东坡，也有几位侍妾。古代女子，想实践"执子之手，与子偕老"，简直有点痴人说梦。

古代男人纳妾成风，多少都与贪新鲜有关。杜甫诗："但见新人笑，那闻旧人哭。"将贪新忘旧的男人骂个狗血淋头。但若然不将这句话仅仅局限于男女感情，而对照我们自己的生活，扪心自问，谁的潜意识中不带点贪新忘旧？特别是现代女性更是贪新追新一族，衣服、鞋款要新，发型要新，手机要新。她们不单贪新忘旧，更应该说是贪新弃旧。弃旧者，弃如敝屣也。只要某一天，她在你面前指着衣服叹道："唔，今年流行的不是这种颜色。"这等于宣告衣物的死刑。红酒藏得越久越值钱，时装只要放上一年半载便一文不值了。一到慈善机构征收衣物，第一时间便会被送走，免得"讨人厌"。

贪新忘旧的念头人人皆有，但千万要记住，这个念头只可对物，不可对人，否则便会成为千夫所指的现代陈世美了。

# 我与天蝎相望

亚龙湾不愧是海南第一湾，日间的万顷波涛使客人耗尽了体力，夜晚却让柔和的清风抚摸客人每一寸被太阳亲炙过的肌肤。我一家四口坐在海边的一张大吊椅上，仰视着满天繁星，五十尺外便是深蓝的海水，没有大风相助，浪花只能翻出一片细碎的喧哗。水平线上，紧紧地抓着苍穹的，是一只脉络分明的蝎子，它尾巴向着海，举起可怕的毒针欲蜇不蜇。"尽挹西江，细斟北斗，万象为宾客。"张孝祥的词，是在明月皎洁的洞庭湖畔，但今夜有星无月，可摇吊椅却无船舷可叩。面对这只高高在上的天蝎，我思越千载，在混沌未开的五十亿年前，它便是这样张着双螯，用那对细小的复眼，睥睨地球的一切古往今来。今夜，如果它能言，相信会万里传音，告诉我这个可爱的、悬在太虚中的星体，如何由一无所有进化出遮天蔽日的森林，进而生生灭灭出多少的地球主宰。

"江畔何人初见月？江月何年初照人？"那些侏罗纪时代飞天遁海的恐龙们，也应像我一样凝视过这只蝎子吧！然而，物生物灭，不可一世的恐龙又湮灭了，地球重新归于寂静，静出了一片蛮荒。天蝎啊，你望着这空无一物的星体，寂寞地等待了多少年？终于大地又有了狮虎和百兽，地球再度热闹起来了。到人类远祖的出现，然后演化出轩辕、法鲁王、孔子、耶稣、屈原、岳飞、张三、李四。到我一家出现了，机缘巧合，一家人坐在地球的一角与你四目交投。

夜深了，蝎子已爬到头顶，望着这只欲蜇不蜇、瘦得只有骨架的蝎子，我忽然觉得人是何等渺小！曾感慨地唱过"夫天地者，万物之逆旅也；光阴者，百代之过客也"的李白也逝去了千年。此夜无须秉烛，烛光都高悬在灯柱上。回去的路上，仰头，这只地老天荒的蝎子，阴阴地向我投下一串清冷的白光。

# 果子成熟了

经过小贩区，又见许多浅黄色的芒果在摆卖了。芒果虽较湿热，但那种香味却令我垂涎，忍不住还是要买几个大快朵颐。果子绝对是地域性的产品，荔枝没有可能在北方生长，而苹果也不会在广东开花结果。体会到果树的这种特性，年轻的屈原便在《橘颂》中称赞道："受命不迁，生南国兮。深固难徙，更壹志兮。"以果树表达矢志不移的报国志向，古诗人中恐怕只此一家。

水果的贵贱是视乎运输路程的远近，三年前我在新疆乌鲁木齐，市场的哈密瓜每个只卖人民币五角，无核珍珠提子两块半人民币一公斤，整个旅程我也不知道吞了多少提子和哈密瓜落肚了。现在小贩档的芒果珍而重之地摆卖，几年前我旅经澳洲一个小镇，河边十多棵芒果树硕果累累，而地上则满地烂果，看来这些芒果树和芒果是从来没人理会的。

果子成熟了，本意是为了繁殖下一代。厚厚的果肉，包裹着果核，借助贪嘴的动物，将种子带到他方，然后在土地里抽芽生长，这是物种的延续方式。

我认为果树是坚忍的榜样，试想想，一棵果树，由抽芽生长到结出果子，中间经历了多少的波折？当度过了漫长的岁月，由草芽长成大树，从深厚的地层里，吸收了充足的营养，然后开出满树的繁花，任由风吹雨打，忍受百花抖落的无奈，让仅剩的花结成了果。当果熟蒂落的日子一到，砰然一坠，果子已属于大地了。望着这些心血与自己分离，相信果树是既悲且喜的，它不会害怕果子让人摘走或由动物叼走，拿走和叼走都代表着另一个开枝散叶的机会，最伤心的恐怕是望着果子无人理会，寂寞地在树干下烂掉。

人的际遇与果树有点相似，哪个父母不希望子女早点成熟？但成熟了就会离开。然而，人毕竟比树幸运，子女虽然离开另创新天地，但骨肉亲情抛不掉、舍不去，他们总有一些方式和时间与父母保持联系的。

# 飞蛾

晚上天气非常炎热，我在氹仔运动场外等朋友，球场内有人在练球，灯火照亮了半边天。车前的街灯上，密密麻麻有数以千计的夜虫绕着光在飞舞，虽然乱哄哄，但总不见它们碰撞。地上许多爬行的飞蛾，相信都是飞倦了掉到地上的。

突然间，这种情形似曾相识。少年时，我住在下环区，夏天傍晚，我经常会与弟弟跑到河边新街的海边，沿着海边的灯柱逐条去搜索，捡走飞倦了掉下来的水甲虫（龙虱），有时一晚可以捡到十多只，拿回家用油煎了，咬在口里非常甘香。龙虱生活在农田里，那年代，对面湾仔是荒僻的农村，晚上漆黑一片，澳门的灯光将昆虫吸引来了。

我关了车门走到灯柱下，虽然满地都是飞虫，但一只龙虱也没有，不知道是否近年农田广泛使用农药，连这些可口的昆虫也一并消灭掉了，回想起来，不单龙虱没有了，连萤火虫也许久没有见了，我记得最后见萤火虫是初中毕业那一年，几个要好的同窗，晚上踩单车游车河，到海角游魂时，忽然见漆黑的草丛中有一闪一闪的光，不知谁大叫一声"萤火虫"，六七个少年便围着两只小昆虫狂追，一只飞到山崖下去了，一只便落到我掌中，大家便凑一起观望这可怜的小昆虫在我掌中蠕动，看够了，一扬手，一点荧光划破夜空飞向山崖，自此以后三十多年，我再也没有见过萤火虫了。

周敦颐的《爱莲说》，直书莲"出淤泥而不染"的高贵个性；毛泽东的"鹰击长空，鱼翔浅底，万类霜天竞自由"，则借鹰之势表达了胸怀凌云之志。中国传统文化，一直不乏托物言志，但似乎少有人以昆虫入诗入文的。

"飞蛾扑火"虽然是一个贬义词，但我一直都对飞蛾有一种敬畏之情，甚至认为它有点伟大，试想想在广漠的黑暗里，只要哪里有光，它便向哪里飞奔，到了便绕着光狂舞，飞倦了、力尽了，便颓然倒下，等候死亡的到来。哲人说：世上的一切伟大，莫过于以生命相许的追求。飞蛾身上有"虽九死其犹未悔"的性格。

# 无花果

为了遮挡阳光，住处骑楼的花架都摆放着高高的绿色植物，夏天，躺在沙发上，望着这一排深绿相当惬意。这也算巧立心思，将山野风光引一点到眼前来。十多盆植物，只有那棵无花果成了枯枝。其实，这棵树从来不算是树，它是我不久前从故乡祖屋的院子中带回来的枝丫。听说移植无花果很简单，只要折下一截粗壮枝丫，插在泥土中便会成长。然而我种的这一枝，不知何故，虽然天天浇水，但一直都不长叶，可能是我只将它插在花盆里，不是种在土地里的缘故吧。

我从祖屋折无花果枝回来种，多少也是为了图一个纪念，因为这棵树带着我许多童年的回忆。我记得在我懂事时，院子里已有一棵长得很茂盛、经常硕果累累的无花果树，但从来不知道是谁种的。有一次，在石岐读中学的二哥放假回来，一边摘下一个熟透的无花果子放进嘴里，一边对我说道："你知道这棵树从哪儿来的吗？是我从教堂偷回来的。有一次我到教堂，见神父正在唱圣诗，我便爬进后院摘无花果吃，发觉很清甜，便折下了一条枝丫回来种，想不到被神父发觉了，他拿着竹子来追赶我，不过，让我跑掉了。"从此，这棵粗壮的无花果树便带着点传奇色彩。

村间的教堂至今还存在，只要走过村口小溪上的石板桥，不用拐弯便可以直接走进教堂了。我记得大约是上世纪的50年代中，有段日子，每到星期天，祖母便撑着拐杖，带着我和弟弟两个到教堂唱圣诗，神父做完仪式和讲话后，便领着大家唱诗歌，有一个女信徒负责钢琴伴奏，但我觉得她很用劲，每一下都好像用锤子敲在琴键上似的，琴声一响，往往吓得寓居在教堂顶的麻雀乱飞。神父唱歌时，老祖母也张着嘴唱，我虽然也张着嘴，但属于滥竽充数之类，只胡乱地叫几句，眼睛直瞪着神父的嘴巴，只盼他快点唱完，因为歌声一完，神父便会派糖了。别小看这两粒糖，在那年代的农村，是不容易获得的上佳珍品。依稀记得，到五八年"大跃进"时，教堂没有人去了，神父也像其他村民一样，穿着汗衫，戴着草帽与大家一同到田地里干活了。

二哥外出读书，这棵无花果树，便由我作主宰。树上的果子，未得我点头，弟弟从来不敢私自采摘，因为我定下了一个标准，树上的无花果一定要变成深紫色才会甜也才准采摘。这个院子是我童年时的美食乐园，因为除了这棵无花果树外，还有一棵桃树和两棵番石榴，其中老的一棵已有二十多年的树龄了，枝丫遮盖着半个院子，春天一到，整棵树便开满了白花，阵阵幽香醉人，也醉了无数的蜜蜂，这些小昆虫整天嗡嗡地绕着花蕊转。偶然吹来一阵风，白色细嫩的花瓣便会飘然而下，经常撒得我满头都是。果树结果与否，家里的大人全不关心，于是整个院子便成了我的专有果园。

有人说，年轻时所做的一切事情，只是为了让年老时有一个好的回忆。这种说法对否则见仁见智。自60年代起，家庭成员便陆续离开故乡到各地找生活了。二哥在香港生活环境并不理想，年前往港探望，见他头发已全白了，神情落寞，与他交谈，其他话题他全无兴趣，只顾低头抽烟，唯独谈到他种的那棵无花果时，苍老的脸上才会露出一丝少有的笑意。

# 梅兰竹菊

兰艺会假卢九花园的秋季兰展，举办几天便匆匆闭幕了。对于兰，我不是专家或特别喜爱，但每逢兰展我都是捧场客，家里也种了几株，当然不是价值十万八万的那些名种，我家中的所有花草，都是从湾仔花农那里买来的。

家居虽然狭窄，但厅间一放上两盆兰，顿时感觉清雅多了，若然碰上开花，则满室幽香。不过香味是内子告诉我的，因为我虽然对什么味道都十分敏感，唯独兰香却了无感觉。去年，澳门庆祝回归五周年，在综艺馆有一场大型国际兰花展，国内外名种比比皆是，且枝枝吐艳。内子甫入场便频频说幽香醉人，而我虽将鼻子凑到兰花上大力吸，也仅可嗅到一丝微弱的香气而已。令我百思不解的是，内子的嗅觉一向有点问题，平常煎炒餸菜，厨房的浓烈香气已溢到客厅里，她却丝毫没有感觉，唯独兰花一开，她第一时间就感应到了。

梅、兰、竹、菊的排列，相信不关名次的事，而是方便押韵。四君子孰轻孰重，端视人的喜爱，譬如有人喜喝乌龙茶，亦有人钟情于龙井一般。陶潜诗："幽兰生前庭，含薰待清风。清风脱然至，见别萧艾中。"虽以兰表示了孤芳可以独赏的高贵品格，然而陶翁真正喜爱的却是菊花，诗文云："三径就荒，松菊犹存""采菊东篱下，悠然见南山"可兹为证。中国人对花草的深情，相信是受屈原的影响，自从他在《楚辞》中大量采用香花美草以表忠贞后，历代文人便多以此追随。屈原《离骚》中出现的花草有兰、蕙、留夷、揭车、胡绳、椒、芙蓉等品种，然而后人却将这些香花美草简约到梅兰竹菊。这种欣赏、赞颂花草的心态，已成为中国传统文化的思维定式，而且深入民间。不信？看看现在以四君子命名而叫阿梅、阿兰、阿菊的女士们，相信没有两亿也有一亿。

虽称君子，但既属花草，则男人只可用来寓情寄意，不宜直接用来命名。不过，不用为男士们操心，男性取名的范围包罗万象，雄心大的可用飞禽走兽，想低调一点的则可叫阿猪阿牛或海产中大虾、细虾。

# 寻找规律

下午在咖啡室等朋友，看看腕表还差 15 分钟才到 4 点，周围尚有许多空座椅，接近 4 时，客人不知从哪里拥来，突然一下子便将店子挤得满满的。我发觉这个社会看似杂乱无章，但其实似乱非乱，各自都有自己的规律。好像这间咖啡室，时间一到，人便出现，这是一种由习惯而形成的社会规律。

社会上不少叻人、猛人的主要工作，相信便是在寻找各种规律，搞金融的，分析那么多的图表，不外乎是希望了解股汇的运行规律。

的确，宇宙物质世界中存在着许多规律，谁发现了就等于谁掌握了真理，科学家们正是为了发现规律而存在的。当哥白尼发现我们生活的大地，原来亘古以来都是绕着太阳转的时候，我想他既兴奋也是异常矛盾的，他当然知道披露规律的后果，但这个发现太动人了，理性的力量使他无视宗教裁判所的屠刀，终于向世人宣告自己所发现的宇宙规律。

爱恩斯坦（爱因斯坦——编者注）和他的《相对论》饮誉于世，但因为是犹太人，纳粹党党徒在科学院召开大会，爱恩斯坦欣然赴会并为台上攻击相对论的学者鼓掌，坐在他身边的朋友问他，这些人正在攻击你的相对论，为何你还为他们鼓掌？爱恩斯坦笑着答道：如果我的相对论能够这么容易骂倒，那算什么科学！科学家的这份自信，正是充分掌握了事物的规律。

有人说中国的传统文化是以悲为主的。中国的儒家知识分子太清醒了，对安抚灵魂的宗教一直持"敬鬼神而远之"的态度，当这些精英们发现了人生的规律，最终不外乎是一抔黄土时，那种不可排遣的悲哀就溢于言表了。人生苦短，万事万物都如过眼烟云，于是王羲之说："向之所欣，俯仰之间，已为陈迹。"陶渊明说："死去何所道，托体同山阿。"中国传统文化中的那份伤感，虽参透了人生规律，但却缺少那种与天抗争的悲剧精神，只企慕归隐于永恒的山水之间。

# 澳门马拉松话旧

刚过去的星期天，我凌晨五点钟便起床，送香港朋友到氹仔运动场参加澳门国际马拉松比赛，运动场外到处都是人，熙熙攘攘。网上翻查澳门马拉松资料，第一届是在 1981 年举行，唐诗《金缕曲》云："劝君莫惜金缕衣，劝君惜取少年时。"以前读这首诗全无感觉，现在读起来感慨越来越多了。举办本地首届马拉松的过程，现在还历历在目，但时间转眼便过了廿多年。

1981 年，一群田径界活跃人士，不知何故，突然兴起筹办马拉松的念头，当时西洋银行副行长李明旭也酷爱长跑运动，所以对举办马拉松比赛大表支持，拿出约莫三万元葡币赞助。有了财力加上人力，于是举办澳门首届马拉松比赛便拍了板。某晚，熊猫体育会的负责人和后来的雅典体育会的负责人，便齐集在副行长的家中商讨具体细节，我当年也是长跑发烧友，所以也叨陪末座。

澳门是一个小地方，要找一条四十二公里多的赛道真不容易，沿澳门半岛跑一圈也不过是十二三公里左右，剩下的三十公里便要过氹仔、路环了。为测度马拉松赛道，我与夏刚治先生便推着测距离的独轮车，戴上黑超、鸭舌帽和背囊，像远足旅行者一样，早上从铜马广场出发，过大桥，上七潭，再到路环绕一圈，每五公里处用红油漆作出记号，这样走走停停，回来时虽已筋疲力尽，但心里却高兴为比赛出了一点力。

澳门举办马拉松比赛是破天荒的事，当然吸引到一批本地的长跑好手参加，不过，这项赛事长达四十二公里，训练不足对身体伤害甚大，听说有多位参赛的本地运动员，赛后都患了骨膜炎。马拉松受世人赞誉，正是它消耗体力最大，亦最考验人的意志，许多人以为体育精神便是坚持到底，但真正的体育精神还有更重要的一环，就是赛前做好充分的准备，好战士上阵前应该磨好利剑，胜不了别人也可以不断超越自己。四个多小时后我见赛道上还有一些年轻人在挣扎，不知道他们坚持到底是受了伤还是因为练习不足。

# 易水送别荆轲的疑惑

司马迁在《史记》中将荆轲刺秦王的悲壮描绘得栩栩如生，从而使得荆轲"千载有余情"。不过，多读这段文章几次后，我发现有些矛盾，按照《史记》记载，太子丹与田光商量对付秦国，虽然并不涉及行刺秦王，但临别，他在门口还要叮嘱田光道："丹所报，先生所言者，国之大事也，愿先生勿泄也。"可知太子丹十分明白抗秦的严重性，正因为这句话，田光便以死来消除他的忧虑。随后而来便是约见荆轲、买匕首和找见血封喉的毒药等工作，这些事都可以秘密进行的。

问题是发生在易水送别上，似乎不大符合太子丹先前的谋事原则，《史记》写易水送别："太子及宾客知其事者，皆白衣冠以送之。……既祖，取道。高渐离击筑，荆轲和而歌，……士皆瞋目，发尽上指冠。"从一个"皆"字，可以证明送别是一群人，荆轲到秦算是献人头和地图，所以组织宾客送行，但也说不通为何送行者都穿着白色孝服，这种举措，明眼人都猜出荆轲去干什么了。若然封场来送别，则更惹人怀疑，况且当时赵国已被秦攻陷，易水就是秦与燕的边界。

《孙子兵法》有云："不知敌之情者，不仁之至也。"战国纷争不断，为了获得情报，用间谍是惯常的办法。秦始皇吞并六国前，有一次魏王与信陵君下棋，有探子来报说邻国赵王率军犯境，魏王大惊，立即推棋而起，信陵君劝他不要紧张，指赵王不外是出外打猎而已，魏王忐忑不安，不久，探子再报，证明赵王的确只是打猎路过。魏王问信陵君何以那样有信心，信陵君答道："臣之客有能深得赵王阴事者。"用今天的话来讲，即是信陵君在赵王身边派了卧底，赵王的一举一动尽在他的掌握之中。

　　除用卧底，那时候边境不会封锁，谋士、说客可到任何地方去，这类人便可利用身份刺探情报。一大群全身穿着白色孝服的人站在易水边送别荆轲，听他悲歌："风萧萧兮易水寒，壮士一去兮不复还。"完全不顾间谍，不担心消息外泄的描写，也与原先太子丹紧张兮兮的办事方式不符，所以，我总觉得有点疑惑。

# 海鸥和长命桥

澳门城市建设的速度，可以用飞速发展这两个字了。一幢幢新厦，一座座巨型的赌场酒店，在此都向人展示出这个如小家碧玉的小城，正抛弃羞答答的温纯，转而变成服装入时、头发七彩、戴着满手的饰物的新潮青年。不久的将来，澳门肯定会散发出更强更劲的都市魅力。

澳门的现代化，可以说是经济发展无可避免的趋势，但像我等老居民，在这里生活了几十年，澳门往昔的纯朴和宁静，总是抹不掉、舍不去的，像一幅幅珍贵的图片，藏在记忆里的某一角，即便偶然想起，也会令人回味无穷。

走过西湾，大理石筑成的堤岸依旧，堤岸下是一泓全无涟漪的湖水。在上世纪的六七十年代，每当秋冬季节，西湾的海面上，往往有成千上万的海鸥在飞翔觅食，假日，我常坐在榕树下，欣赏海鸥的美妙舞姿，也看影友会拍摄海鸥的痴狂。很奇怪，自从西湾围海造湖后，海鸥便不来了，不单西湾湖看不见海鸥，就算整个澳门的海面上也没有了海鸥的影子。澳门与现代化接近了，便与大自然疏远了。

澳门除了三条大桥外，还有一条"长命桥"，长命桥在哪里？埋在皇朝广场的地下。未填海造地前，在总统酒店对开的海面上，有一条非常牢固整齐、宽约两公尺、长约几百公尺的石桥，一直伸延到现在的观音像那里。年轻时，也不知道有多少个夏日晚上，我在入口处泊好电单车，便和她在堤基上漫步，找一处与别人隔得稍远的地方坐下，要谈多久便多久。如果碰上明月高悬，海面上波光闪闪，简直是拍拖谈心的绝佳地方。长命桥不是桥，只是由无数大石砌成的一个堤坝，80 年代吹沙填海时，我目睹它整条被沉埋在沙堆里，千百年后，如果有人偶然挖到这条地底下的石堤坝，说不定还以为自己发现了古迹呢。

# 又在阿婆井拍戏了

前两晚回家，阿婆井的榕树头又有电影公司在拍片了，只见一个女演员拿着左轮枪从远处跑来砰砰地开了几枪，枪嘴喷出火花，枪声很响亮，附近看拍戏的女孩都要捂着耳朵。阿婆井是住宅保护区，旧屋特别多，我在这条街住了二十多年，阿婆井除了三棵大叶榕因为虫蛀被迫种上两棵细叶榕外，二三十年以来，附近几乎没有什么大变化，相信以后都会是这个样子了。

这个地方中西老宅杂处，旧情调特浓，所以经常都被电影公司相中。我记得80年代看梅艳芳在这里拍《胭脂扣》外景，一辆陈旧的人力车从龙头斜巷跑下来，她穿着民初服饰，握着手帕，哀哀怨怨地坐在车上，当时正值晚上，一列低矮的民房，灯光下树影婆娑，不时还飘下几片树叶，拍鬼戏的气氛浓极了，想不到山河依旧，片中的主角，现在真成为阴间物了。

后来洪金宝又到这里拍武打片，因为要架设高台，榕树脚下的咖啡档需要休息几天，我和一众平日蹲在档口吃早餐的街坊都要各寻去处。拍片的龙虎武师特别豪放，我虽然坐在远处的家里，但整晚都听见他们吆喝声。

回想起来，以前许多港产片都会到澳门拍外景的，上世纪的六七十年代，我不单可以看拍片，有时候还可以当临时演员赚点零用钱。我首次当"茄哩啡"是到小潭山扮土匪，十五块钱一天，那时候还没有旧大桥，当然更没有海洋花园等现代屋苑。我们这一批临时"土匪"乘船到了氹仔，走了差不多半小时才到菩提园，然后就沿着山径爬到山林中去，一会儿穿上服装扮土匪，一会儿又穿军装扮兵大哥，兵追贼，贼赶兵，就这样在山林中跑来跑去。为营造气氛在林间烧起阵阵的浓烟，直呛得人落泪。不过，少年并不计较这些，只觉得拍戏好玩。到电影上演时，我们几个少年"土匪"立即购票进场，一心想看看自己有份演出的那一段，可惜那段外景只出现了数秒，可说是一闪即过，连自己站在哪里也不清楚，只知道蠕动的人头中肯定有一个是自己。

# 小人的能量大

小人常年存在，打小人看来无须一定在惊蛰日的，去年夏天，我经过香港铜锣湾天桥底，见一位阿婆蹲着打小人，百闻不如一见，只见她满头大汗，口中念念有词，不徐不疾有板有眼地拍打，可怜的小人只有任她蹂躏了。坛前燃着三支香，看格局，阿婆深恐自己法力不足要请神佛来助阵了。

小人是什么？这是纯属个人的感觉，有人向你借钱，你一旦拒绝，可能你在他心目中已是没有通财之义的小人了，说不定土地庙前被人拍打的小人正是你呢。小人是笼统的说法，孔子谈小人的话很多，给小人下的定义也非常广泛，现代人几乎都逃不出当小人的命运，例如他指："君子坦荡荡，小人长戚戚。"这里的小人就是常怀忧愁的人，我等时常忧柴忧米又忧子女学业的凡人，自然应归入"长戚戚"之类了。"君子怀德，小人怀土。君子怀刑，小人怀惠。"这里连怀念乡土，关注恩惠的人都拨入小人之列。至于那些做生意的、从事经济工作的，按夫子"君子喻于义，小人喻于利"的标准，则全数都是小人了。不过，这是春秋战国时的标准，现代人当然是无须介怀的。

小人不易打，也不易对付。诸葛亮在《前出师表》中劝刘禅要"亲贤臣，远小人"。小人与贤臣并列，这里的小人当然也是大官了。奏表中明确地向皇帝推荐郭攸之、费祎、董允等几位贤臣，要求刘禅大事小事都要与这批人商量，但"远小人"的小人则一个也没有指出，是没有小人或不便指出吗？这有待进一步探索。诸葛亮深知小人的祸害，可惜历史上的皇帝许多都是偏信小人的。孔明死后，魏国司马昭派钟会领军远征蜀汉，当时蜀国贤臣姜维上表要求派重兵守关隘，中常侍黄皓是一位迷信巫术鬼神的小人，自认敌人不会来，于是"启汉主寝其事，群臣莫知"，结果魏国大军很快便迫近蜀都，百姓四处逃亡，刘禅只有投降了。孔明神机妙算，也只能终其一生来防范小人而已。蜀汉败亡，或多或少也与小人有关。历史上的小人何止不易打，有时他们的能量连王朝也可以倾覆。

# 汗血宝马

　　土库曼斯坦总统短期内访华，届时他将送中国一匹汗血宝马。土库曼在中东附近，能够畜养宝马的国家古代应该是游牧民族居多。中国传统文化，若然没有了马，简直就失去了许多阳刚气，一句"横刀立马"，不用细描，一位威风凛凛的将军就在眼前了。项羽在乌江自刎前，他最难舍的就是随自己征战多年的坐骑。在四面楚歌时，他与虞姬边饮边吟唱着："力拔山兮气盖世。时不利兮骓不逝。骓不逝兮可奈何！虞兮虞兮奈若何！"在这首悲壮的诗中，良驹与美人的地位是相等的。第二天，当他来到江边，乌江亭长劝他先回江东去再作打算。楚霸王跳下坐骑，无限深情地抚摸着马背，对亭长说道："吾骑此马五岁，所当无敌，尝一日行千里，不忍杀之，以赐公！"霸王放走爱驹，宁愿徒步与汉兵交战。

　　楚霸王自破釜沉舟抗秦以来，经历了七十多场战役，在地动山摇的厮杀声里，在飞箭如雨、刀剑如麻的对决中，只有这匹爱驹与他一样勇不可当，载着他冲锋陷阵。麾下的将士可以封官拜爵，报答他们攻城略地的功劳，但这匹良驹一无所求，只是默默地效忠于自己。我明白在最后关头，霸王可以让虞姬死，可以让手下爱将继续洒血，却舍不得这匹跟他共生死的良驹倒下的心情。

　　将军爱马是因为可以用来打仗，而君王们爱马却不一定是用的问题。汉武帝得到一匹汗血马，他十分喜爱，称之为天马。张骞出使西域回来也写道："大宛在汉正西，可万里。其俗土著，耕田；多善马，马汗血……"汉武帝派人到大宛买，但别人不买账，使者回报："大宛有善马，在贰师城，匿不肯与汉使。"汉武帝是一个好弄武功的皇帝，立即封李广利为贰师将军，领六千骑兵和几万士兵往大宛夺马，结果因为路途遥远，大部分士兵不是渴死便是饿死了。第二年（公元前102年），武帝再调动二十多万兵力，用十万头牛、三万匹马和无数的骆驼运载粮水再攻大宛。结果，这次耗费巨大的远征，到达大宛时将士只剩下三万，其他人哪里去了？历史没有记载。两次夺马战死伤无数，战利品只是"善马数十匹，中马以下牝牡三千余匹"，以及大宛国每年向汉朝进贡两匹汗血马而已。

# 百年之后

泰坦尼克号沉没时，对沉船有印象的最后一位幸存者，九十九岁的老太婆阿斯普伦德日前去世了，她的辞世，再次成为世界的焦点，但这种关注，相信只会像当年沉船时泛起的水泡一样，很快便会无影无踪了。

泰坦尼克发生意外时，阿斯普伦德只有五岁，跟着妈妈在甲板上看到巨大的冰山，她比许多同船人多活了差不多一个世纪才去世，是否幸运则是见仁见智了，但以经历和接触新事物来算，我认为她是幸运的，虽然当中有美国的经济大衰退、世界大战等坏事，但她也看到了人类的巨大进步，目睹飞机的发明，亲眼看到人类登陆月球的壮举，最后的岁月更接来了信息革命的新时代。假使当年她随船沉到大西洋海底，这百年来的新鲜事物便与她无关了。

阿斯普伦德多活了九十多年便见证了人类科技的飞速发展，那么今后的一百年又会是怎么样呢？变量太大，相信无人敢下定论的。不过我认为按现在的科技水平而言，首先应是人的寿命会越来越长，几年前，当科学家排列出生命基因图谱时，医学界便预言，不用多久，人类的寿命肯定会比现在长得多，因为生命密码被破译，人便可以及早地将遗传基因中的坏东西抽取出来，避免了遗传病代代相传。除此之外，随着克隆技术的发展，每个人都可以为自己克隆几个重要的器官以备不时之需，例如心、肝、脾、肺、肾等，一旦发觉哪个器官不顶用，便换一个新的，届时比如齐达内这类技术出类拔萃的球员，便不用因体力而挂靴了。

有人担心，人人长寿不是逼爆地球吗？这不打紧，太空科学家早前公布已找到百多个虫洞，这些虫洞是宇宙第六空间，据说只要利用好虫洞，往来木星的距离实际只有十多公里而已。所以，届时到星际去有如过路环一样方便。就算不作太空移民，商人也会开拓空间，目前已有人打算在海底建屋，海洋面积比陆地大两三倍，何愁人满为患！世界新鲜事物层出不穷，只要你爱惜生命，过健康生活，当你到了如阿斯普伦德般的年纪，你经历的新鲜事物肯定会比她多。

# 十万双贼眼

在我脑海中，乘坐奔驰房车的人都是非富即贵的，近日却见市面有的士用这种牌子的车来载客，碰见真有点"惊艳"的感觉。不过，现时出租车牌转让价动辄数百万，套用名车来营业也不算夸张，而且亦足证澳门现时的治安不错，起码司机不用担心车会被劫走。珠海两年前有一宗劫车案，三个在珠海的无业游民，为找一笔钱返乡下过年，决定劫车卖钱，出租车随召随到，是最易打劫的对象，于是派同伙出外打的，两贼则躲在地盘等候，出租车到达时，接应的贼人却付钱让出租车离开，他们当然不是良心发现，而是这部车太残旧看不上眼。再召出租车时学乖了，特意挑选一部簇新的，车到预定地点，三人合力杀了司机，换上一个假车牌便直奔乡下了。车和人同时失踪，警方立即作全省追踪，结果在广东与湖南交界处捕获这三个歹徒。因车靓而遭杀身之祸，司机也算死得十分冤枉了。

警与贼是天生的对头人，警力强时贼人会退避三舍，但贼多势众时，则警察就会变得可有可无了。上月巴西贼人发动进攻，杀警察，烧警车和炸警署，国际社会在欣赏世界杯巴西队的美妙脚法前，先看了一出贼赶兵的怪戏。

其实，澳门要面对的治安压力亦相当大，因为邻近地区并不太平。深圳和附近的城镇，目前估计有十万歹徒，为何会有这么多坏人聚在深圳呢？深圳市长指出："在内地许多城市，抢一个钱包可能只有两三百元人民币，在深圳抢一个钱包，可能是两三千元。"人往高处，水向低流，富裕的港客引来了贼人。十万贼佬云集深圳，加上警力不足，要弄好治安谈何容易！国际惯例每万人应有警察五十名，香港比例是五十五名，广州是二十六名，但深圳只有十四名。

澳门治安警察局、司警局加海关目前共约有五千人，按四十八万人口加每天五万多访客计算，每万人中便约有九十名警务人员，就算撇除海关不算，每万人也有七十。所以，澳门治安较邻近地区好就理所当然了。不过，大家绝对不应掉以轻心，千万要记住附近地区正有十万双贼眼在虎视眈眈。

# 黄昏下的"胥门"

　　苏杭一带是春秋时吴、越国所在地，随意的那点山山水水，仿佛都藏着许多陈年故事。到苏州时已近黄昏，前往晚膳，甫下车，眼睛忽然一亮，停车场侧矗立着一座三十来尺高、长约百多尺的古城门，城堞上长满了灌木。城门赫然写着"胥门"两字，电光石火之间我想到是伍子胥临死前，命仆人挂双眼的东门。细读告示牌，此城门虽与伍子胥有关，但不是东门。站在城门前拍照，村民经过，女的轻轻地对友伴说："这样的东西也有人要拍照留念，真奇怪。"然后抛下一串笑声走了。穿越十多尺厚的城门通道，另一面原来是公园，一座高大的伍子胥石像矗立在园中央，公园依河而建，跨河的石拱桥，点缀出江南水乡的一抹神韵。岸边杨柳依依，夕阳西下，斑驳的城门陡添了几分古意。

　　在众多的历史人物中，我最欣赏伍子胥的处事方式，既清醒亦果断，特别是他那种雪大耻报大仇的作风。司马迁对他的评价是："向令伍子胥从奢俱死，何异蝼蚁。弃小义，雪大耻，名垂于后世，悲夫！"这里的"弃小义"是指楚平王听信谗言，以扣押并扬言要杀死他父亲为饵，诱使伍氏兄弟到京都，伍子胥知道这是一镬熟的阴谋，拒绝前往。大哥伍尚愚孝，坚持要陪死，伍子胥直言："父子都死了，对父亲的死有什么好处，谁来报仇？"结果独自逃跑了。楚王为了斩草除根，下令谁捉到他立奖五万石米粟，另封官拜爵。在全国的搜捕下，伍子胥的逃亡是十分艰险的，最后出边境时被守关官吏认出，他机智地对小官吏说："楚王要捉我，正因为我手上有颗美丽的珠子，如果你将我献给楚王，我就指你已吞了这颗美珠，到时候楚王一定剖开你的肚子取珠的。"守关官吏十分害怕，悄悄地放走了他。

为报父兄被杀的血海深仇，十多年后他带兵攻入郢都，挖出楚平王鞭尸。伍子胥与孔丘差不多是同一时代的人，当时，他鞭君王尸并没有受到太大的责难，与后来儒学提倡的"君要臣死，臣不得不死；父要子亡，子不得不亡"的愚忠愚孝有很大的分别。历史证明，子胥弃小义、雪大耻的行径将继续"名垂于后世"。

# 古代求职信

一到暑假，已毕业或者不打算继续读书的，相信都忙于找职业了。澳门今年的就业情况较佳，要找一份工作不难，但内地就不那么理想了，内地今年有四百多万大学生毕业，但市场预设需求有限，就业缺口相当大，连殡仪馆请人，也有大学生和硕士生递表申请。职位僧多粥少，求职就要各出奇谋了。报纸照片，见一位女大学生，举着一沓已写好的求职信准备投邮，这是最传统的求职方法，成效有多大，则要看个人的造化了。

现在的求职信，一般都是一些个人简历，例如专业是什么、要求薪金是多少之类，目的当然是推销自己，希望得到雇主的赏识。写信求职求助，其实是"古已有之"的，不过古代工商业不发达，加上传统文化看不起为钱奔走的商人，满腹经纶之士人只有向达官贵人求助了。李白的《与韩荆州书》就是一篇绝佳求职信，虽然李白力赞韩荆州在士子眼中的地位达到"生不用封万户侯，但愿一识韩荆州"的高度，似有擦鞋之嫌，但既是向人求助，总不能不说几句好话吧？不过李白就是李白，到介绍履历时便大言道："白，陇西布衣，流落楚、汉。十五好剑术，遍干诸侯。三十成文章，历抵卿相。虽长不满七尺，而心雄万夫。"称自己的工作能力更是"请日试万言，倚马可待"。这篇自我推荐的文章，千百年后读起来，也使人感到李白那种恃才傲物和咄咄逼人的盛气。

写信向名人自我推荐，是封建时代除科举外另一条取得成功的途径。欧阳修第一次考省试失败，在别人的提点下也走这条快捷方式，他离开小县随州跑到大城市汉阳（今日武昌），当时掌握汉阳军政大权的是北宋颇有文名的胥偃，欧阳修照传统那样，向胥偃写了一篇自我推荐的求助信和附上一些作品，虽然这封求助信没有留下来，不知道写了些什么，但相信也是十分精妙的，因为胥偃读过信和作品后，大赞欧阳修的文章是："飞染遒丽以盈箱，雕缋纷华而满眼。"这位地方官除实时招待欧阳修吃饭外，还将幼女许配给他。欧阳修的一封求助信既赢得提拔，也得到了一位年轻妻子，文人惺惺相惜的经历更成为北宋文坛的佳话。

# 人去楼不空

对面大厦二楼的一对老夫妇，年前男的让救护车送走了，从此便没有回来，相信已经死了。剩下那位不良于行的老太婆需要坐轮椅，不时有一些像义工的人推她到附近的小休憩区晒太阳，这样的情况已持续了一段日子。近来她的单位进行装修，起初还以为她为了改善环境，不过，装修完毕时却搬来了另一家人，这才知道，这个单位换了主人，至于那位老太婆哪里去了，却没有街坊知道，总之是人去楼不空，只换了人家。

在这对老夫妇的楼上，以前也有一位叫苏伯的人居住，他是独居老人，每天早上晨运时碰面，大家都会挥手打招呼，后来他患病死了，有一段颇长的日子，我晚上回家，望着他那间黑黝黝的单位，心里总有一点不快。最近他住的那个单位搬来了一家人，一对年轻夫妇带着两个孩子，整天热热闹闹的，虽然噪音不断，却使这个空间充满了生气。

新住户，当然不知道旧住户的事，不过这两户人家的变迁，我觉得是人生的写照，大千世界，何时不上演着这边唱罢那边登台的戏？李白在《春夜宴桃李园序》中感慨地指出："夫天地者，万物之逆旅也；光阴者，百代之过客也。"的确，人活在地球上就是一个过客，当走完人生路的时候，无论你愿意与否，都要退出的，只不过有点名声的则会进入历史，分别只是流芳百世和遗臭万年而已。绝大多数的光阴过客，都是悄然无声退出人生舞台的，顶多是在亲人的脑袋中多留一段日子罢了。以前认为凡宗教都是冀望来世的，原来佛家所向往的最高境界涅槃，学者季羡林解释这词的原意就是终止，即代表不再轮回转世。

古代一些参透了人生真谛的士子，更以独特的方式表达对短暂生命的看法，嵇康被拉去砍头时，他视退出人生舞台如闲事一桩，弹了一曲《广陵散》后便从容赴死，大有砍头不过头点地之慨。陶渊明的自挽诗云："幽室一已闭，千年不复朝。……死去何所道，托体同山阿。"生命可恋但不能留，任谁到了最后，也须让出地球的空间给后一代的。

# 饮茶喝酒

有监督机构指广东生产的茶，接近五成的产品或多或少残留着农药，喝这样的茶当然有损健康。俗称开门七件事：柴、米、油、盐、酱、醋、茶，茶排最尾，这样的排列相信不是押韵问题，因为柴与茶音韵相近，将茶写在第一位也未尝不可，作这样排列大概是按各物的重要性而定的。以往农民在田间工作，大碗喝下去的多是白开水。中国农民是最精打细算的一群，开门七件事中，前六件都与恢复体力有关，唯独茶的主要功能是用来解渴的，所以排名在后便理所当然了。

但随着生活水平提升，茶到今天已是一种重要的健康饮料了，地位肯定已超越油盐酱醋。喝茶各地有别，在苏州喝龙井，朋友教我将杯里的茶叶嚼烂吞掉，他说茶是要吃的。龙井清香，但咀嚼茶叶就比不上吃棵青菜了。日本的茶道，见操持者隆而重之将茶碾成粉末，然后泡水吞下，这种饮法既是吃也是喝。我觉得喝潮州工夫茶最爽。在潮州，无论走到哪里几乎都有炉灶，客人到访，便立即生火泡茶，一列小茶杯，斟上浓茶，边谈边喝，茶淡了便加茶叶，虽然都是些不甚名贵的粗茶，但胜在水滚茶靓，永远清冽，我在潮州喝工夫茶喝上了瘾。

国学大师文怀沙去年到澳门主持讲座，文老席中吟诵一段《离骚》简直可以当作朗诵典范。年届九十而谈养生之道更是绝对权威。不过，他谈饮茶的好处却引起我的思考，他说自己年轻时喜好杯中物，也曾酩酊大醉过，当轻狂过后才发现茶是最好的，所以现在他最希望人们开茶馆而不是开酒馆。抑酒而颂茶，隐隐透出从酒到茶的转变是人生境界的提升。世界四大饮料中：酒、茶、咖啡和汽水，酒是最具创造力的，尼采指古希腊文明中酒神戴欧尼索士（狄俄尼索斯——编者注）是音乐和舞蹈的始祖，酒神狂醉后，载歌载舞，内心的生命力得到迸发，由此激发起希腊人无穷的创意。中国人好酒，但似乎没有酒神，只有酒中怪客刘伶而已。古代文人则与酒结下不解之缘，王羲之等在兰亭玩曲水流觞，饮的肯定是酒而不是茶。李白诗云："五花马，千金裘，呼儿将出换美酒，与尔同销万古愁。"若然呼儿换回一壶铁观音，哪来举杯同销万古愁的豪气！好酒者虽不能成大事业，却造就了无数可爱的诗篇。

# 西湾情韵

澳门由一个古老的渔村发展起来，一些没有列入世遗的地方，其实也甚具特色，西湾堤岸便是一例。以前有人称西湾是亚洲最美丽的海湾，我相信这是事实，因为开始围海造湖时，设计者特意将堤岸旧貌保留下来。但可惜沿海岸那数十株挺拔的大叶榕，因害虫病，许多现在只剩下一个树头了。未造湖时，沿西湾堤岸还有四五个罾棚，这些罾棚只用十多条木方插入海泥中撑着，渔夫一家几口住在那里生活。罾网张在远离岸边二十多尺的海面上，有鱼获时，渔民踏着窄窄的独木桥前往取鱼，这个动作是许多画家、摄影师特别钟情的镜头。

自从围海成湖后，湖面平静如镜，没有了浪涛拍岸的风致。西湾湖最美的时刻不是现在，而是在观光塔和西湾大桥尚未建成的时候，那时湖边有几处浅滩长满了芦苇，傍晚走过，芦苇林在风中飒飒作响，使人仿如到了广漠的郊野，如遇芦苇开花，"蒹葭苍苍，白露为霜"的韵味便油然而生了。有林便有鸟，许多水鸟躲在芦苇中栖息，它们的啾啾鸟鸣，好几次吸引我踏着松软的泥滩往林中寻找，可惜的是这几丛天然芦苇在建水上活动中心和消防局时都砍掉了，当然"蒹葭苍苍"的韵致也荡然无存了。

现在的西湾湖畔，已成了垂钓乐园，虽然有告示牌劝人别食湖中的生物，但垂钓者一样兴趣勃勃，特别是假日黄昏，家庭组合来垂钓的最多。近西湾大桥的环湖小径，水满时水与路面相隔不足三寸，湖水清澈见底，鱼虾蟹之类在水底游弋招摇，垂钓者焉能不兴奋？不过，这些鱼似乎早已看穿了人类的把戏，甚少有咬饵的冲动。鱼不上钩其实不打紧，来这里垂钓的，大多只是追求一份钓鱼的乐趣，尤其是小朋友，只要逮着小鱼或小螃蟹之类便会高兴得狂呼大叫。经过时，一旦听见他们充满快乐的叫声，我往往会停下脚步看看他们的收获。南区居民缺少一个像样的公园，唯这泓静水却可弥补不足。

# 水到自然渠成

古人常用"一寸光阴一寸金，寸金难买寸光阴"来勉励人们珍惜时间，话虽然这么说，但有多少人重视？呼吁人珍惜光阴合情合理，但人有惰性和放纵，这等于叫人不要吸烟，提出许多烟草危害健康的数据，不过好此道者依然吞云吐雾，不单普通人在吸，有时连最懂卫生常识的医生也在吸。光阴假如真的贵如黄金，许多人则每天都在乱掉黄金了。

光阴以寸来算，主要古代没有钟表，只好竖立石柱或木柱，以日影变长或短来计算时间，所以才有这种叫法。但无论怎样称呼，对于时间本身是没有影响的，我们赖以生存的地球，除了自转外，还以每秒几十公里的速度在太空里飞驰，而且一直飞了五十亿年，五十亿年前你在哪里？地球相对宇宙是短暂的，而个体生命相对时间则更加短暂，一想到这种强烈对比，庄子就叫道："吾生也有涯，而知也无涯。以有涯随无涯，殆已！"人生苦短，希望用有限的一生解答存在的疑问，无乃一种奢求，但若然人人都学老庄，人类就不会进步。正是这种明知不可为而为之的精神，成就了人类的文明。

人经过小学、中学、大学甚至读到硕士、博士就是一个学者了，他们的知识虽多，但并不能解决所有的疑问，许多问题往往还会受制于当代的科学水平。屈原对着日月星辰感到疑惑，在《天问》中问道："日月安属？列星安陈？"二千多年前当然没有人能够回答。千年之后，南宋辛弃疾对夜空中的朗朗秋月一样不解，他在《木兰花慢》中问道："飞镜无根谁系？姮娥不嫁谁留？"这些古代文人费尽心机也解不开的谜，今天却是小学生的常识。

今天我们有超级电脑，是否已可解决所有的问题？肯定不是，许多疑问还是悬而未决的，科学家不明白，为何孪生兄弟，一人有事，另一人却同时感应到？光速是否就是极限？学者霍金担心地球毁灭时，没有一艘可行五万年的宇宙飞船将人类载到其他星球。今天找不到答案不要紧，只要人类不毁灭，在不断探索和积累之下，自然会水到渠成，世间所有问题都可以找到答案的。

# 近乡生情

现在从拱北到广州已无须经故乡的村口了，车到村前便开始拐弯，未修建高速公路时，乘西路车到广州则必经故乡的。过了三乡镇不久，只要见到那座山端的尖塔，家乡便到了。

每一次经过故乡，我几乎都将头贴着车窗，贪婪地望着匆匆而过的一切，村口的大榕树、小拱桥、学校，还有那座高高矗立在山上的石塔，只要见到这故乡故物，往后的车程，我有如喝了酒一样，精神有点兴奋又有点迷惘。家乡的故事太多太浓，总是挥之不去了，为了避免与身边的人交谈影响此刻的心情，我往往会闭上眼，假装打瞌睡，只让那股浓浓的乡情在我心头翻滚驰骋。

建在山端、状如毛笔尖的巨型石塔，村民都称它"文笔"，这是两个村风水斗法的产物，我们的村庄与邻村是相连在一起的，不知哪一年，家乡的父老听从堪舆师的指引，在两村的接壤处，挖了一个阔约两亩的水塘，中间建一条可以让五个人并排走的石板桥，这样一分，水塘便分成了两个，于是大家都叫这水塘为孖塘。水为财，挖水塘意思是要将邻村的财气引到自己的村子来，邻村见我们这样干，便立即在山头上建了这座巨型石笔，用意是要用笔蘸干孖塘的水，风水斗法是大人的事，年幼时这个小塘是我们垂钓的好去处。

只要见到那条大理石砌成的拱桥，便记起小时候桥下那湾清清的河水，遇着水涨，一群小豆丁为了夸耀胆识，排着队在桥中向水一跃，至于危险与否从来没有人计较过。学校里怎样读书忘记了，只记得有一年水库崩堤，村庄被大水淹没，水深五六尺，我和弟弟站在二楼望着随水漂流的牲畜、家具大呼小叫，大人们正为无故而来的灾难愁眉苦脸，我们却暗喜不用上课。水退后回到学校，忙着在操场的水渠里捉鱼虾，多天后还为在植物园的淤泥里挖出泥鳅而兴奋莫名。

我觉得有机会在农村生活过是一种幸运，因为绿水青山，那种不沾一点尘埃的清新和纯朴的乡情，将是永难磨灭的印象，但农村也不宜久留，毕竟一切最好的教育和机会都在城市里。

# 朝令夕改

泰国军人内阁政府日前又宣布，在泰的外资老板，持有公司股份不能超过一半，亦即是说外国人不再拥有话事权了，后来又修订为只针对个别公司。上月政府也曾宣布在泰的外资，要把三成资金留泰一年，这项管制措施一出台，泰国的股、汇市应声大跌，为救市，政府又立即收回成命。带兵打仗，绝对可以随机应变，但经济领域却不能用这一套，俗语有云：良禽择木而栖，资金这只凤凰，没有稳定的金融政策，它是不会来的。政策摇摆不定，只会把资金吓走。

搞经济朝令夕改，澳门以前也出现过。上世纪70年代中，葡国四二五革命后，少壮派军人李安度出任澳门总督，这位督爷来澳履新不久，发现澳门流通的货币只有一亿多，而外汇储备足够，数据显示没有理由澳门葡币兑港元要补水的，督爷颇有军人的豪气，于是宣布港元与葡币平兑。其实，他的数据没有错，但他忽略了传统习惯，也忽略了货币有优劣之分，港元是国际货币，澳门许多民生用品，要用港元或美元来结算的，而葡币出了澳门谁也不认识，可以平兑的话，你愿持有哪种货币？结果命令一出，市面便掀起了换港元的热潮，面对兑换狂潮，不足一天，政府便拒绝供应港元了，市场立即陷入一片混乱，葡币兑港元最后跌至每百要补水二十多元的地步，我们口袋的钱无端端不见了二成。经此惨痛一役，三十多年来再没有人提平兑的事了。

话说回来，泰国经济有问题，全亚洲的神经都绷得紧紧的，因为九七金融风暴，也是由泰铢开始的，虽然金融大鳄索罗斯是始作俑者，但当年泰国的经济隐患重重，才让人有机可乘；房地产泡沫经济爆破，银行的坏账达三百多亿美元，泰铢与一揽子外币挂钩，但仅有三百亿美元的储备，面对国际炒家，这丁点外汇显得势单力薄。泰铢在阻击下狂跌，骨牌效应，最后形成席卷东南亚的金融风暴。

# 再寻天湖

不久前再到西樵山。澳门、西樵两地的路程不远，但司机为悭路费不上高速，旧公路弯多路窄，而且不时要闪避对头车，二百多公里要走三个多小时。上山的路陡且多弯，车要费尽气力才爬到望海观音的脚下。山巅的观音像与停车场，中间隔着几百个石级，在车内困了几个小时，正好借机登高伸展筋骨。向下俯望，山下村舍农田井然，可惜是霞雾浓厚，再远便是白茫茫的一片了。

上次到西樵山，是在上世纪的 70 年代中，那时"文革"尚未结束，港澳同胞要到省外游玩很困难，要旅游只有在省内，当时我中学刚毕业不久，西樵虽不是什么名山大川，但在广东却颇有名气，于是几个同学便决定到西樵，那时交通不便利，几番转折才挤上往西樵的公共汽车，途中一位穿蓝色中山装的中年人见我们的打扮，便猜到我们要到西樵山旅游了。他笑着对我说："年轻人，到西樵山，一定要看两样东西，一是天湖，那里的水清澈见底；二是无叶井，从来没有树叶浮在水面的，用无叶井的水煮饭，饭熟时，粒粒米都似虾米那样香。"介绍简单却印象深刻。第二天早上我们从"第二洞天"上山找天湖了，漫无方位，天湖当然找不着，无叶井更不知道在哪里，不过沿途眺望山下，田畴阡陌交错，一条弯弯曲曲的江水耀着银光从远处逶迤而来，大有"登西樵而小天下"之慨。山河美景把我们迷住了，大家都认为此行不枉，并相约下次再寻天湖。

　　三十二年后重临，当年年轻的友伴早已四散，几十年间，他们是否已圆了当年的寻湖梦，我不得而知，但我今天却可圆梦了。找到无叶井，我蹲在井边掬起井水洗脸，感受三十年前应享的清凉。偌大的天湖公园只有几个游人，弯弯的九曲桥，湖中有岛，亭台几处，岸边高耸的水杉，从这些精心的布局，我知道这里曾经繁盛过，然而现在又荒废了。天湖静悄悄的，只有山风吹皱一池湖水。我走得很慢，贪婪地望着似曾相识的一湖澄碧，举相机拍下那三十二年前的梦。

# 闲活避世

## 现代隐者

台湾的区纪复被人称为现代隐士，他开辟了一片"净土"，抛弃现代的东西，过着自给自足的生活；自己种植蔬果，也经常带同信众到市场翻垃圾堆，捡回别人丢弃的烂菜煮来充饥。生病不用药物，用"小病挺，大病躺"的方法熬到痊愈为止，如果"挺、躺"都不顶用时，他最后一招便是饮尿疗病。这样清苦的隐居生活，据说也吸引到不少慕名者。

多年前路环黑沙水库山头也住着一位洋人岩穴隐者，他更简单，独自一人住在山洞里，没电没水，只养几只狗为伴。假期有人到水库或黑沙烧烤，第二天他便到烧烤场捡食物了。我到黑沙露营时，也曾见他天一亮便走到沙滩烧烤区，趁清洁工人未到之前逐个炉灶翻弄，将剩下的鸡翅、面包之类捡来装在大胶袋中带走，见我注意，他很有礼貌地与我打招呼。最近两年他突然失去了踪影，究竟是死了还是迁居他地则无从稽考了。

避世隐居虽然由来已久，但古代避世与现代避世却有很大的分别，现代城市人要避的是紧张的社会生活，科技高速发展带来的浪费和巨大的污染。中国古代人口不多，农业社会也不复杂，古人要避世隐居，不外乎离开黑暗的官场而已，陶渊明和范蠡就是最好的例子。其实隐居也不一定住在深山老林里，陶潜："心远地自偏"，住在闹市中也可收到避世的效果，有所谓大隐于市。东方朔是汉武帝御前执戟郎，他选择避世的地方更妙，认为："宫殿中可以避世全身，何必深山之中、蒿庐之下？"他采用的方法是尽量当一个小官，不求显达，不争夺权位自然就不会成为排挤打击的对象。不过，他学识渊博而且很有性格，每当皇帝向他请教时，他必定先索取赏赐然后才回答问题。现在分析起来，这位大隐隐于皇宫中的高人，恐怕是世界上第一个懂得保护知识产权的人。

## 古代隐者

中国的古代隐士，几乎等于是指那些目光如炬、参透世情的高人。不过，古代的隐者并不一定是避世的，隐入山林往往只是为等待时机而已。这方面的代表人物，相信非姜太公莫属了，他遁隐在渭水之滨垂钓，目标就是"不为锦鳞设，只钓王与侯"。周文王是占卦佬，他算到有高人在西方。于是一个在等，一个要找，终于成就了一段圣主遇贤臣的佳话。有了这个先例，民间自恃眼光独到的人，几乎都希望当隐士，等待君侯发掘了。

范蠡也是这一类，当还未发迹前，他在乡下装疯，当身为地方官的文种来访时，范蠡蹲在狗窦中向他狂吠，文种深知这些隐者的作风，不单不怒，还指出这些佯狂的人，必有过人之处，于是下车求见，结果范蠡二话没说就随文种出仕了。

儒、释、道对待隐者的态度，可以说是中国文化的核心问题。释家不单要避世，还要彻底离开滚滚红尘，而且佛是汉代中期才传入中国的，所以，汉以前对隐者的褒贬，基本上与释家无关。《论语·微子篇》，子路问津，长沮和桀溺两位避世者劝道："天下的坏人坏事那么多，谁可以改变呢？你跟着逃避坏人的人，为何不跟着我们逃避整个社会呢？"孔子听后说道："天下有道，丘不与易也。"意思就是说如果天下太平，我就不会与你们一起来改革了。这种入世精神是儒家的精髓，亦可以看到儒家对所谓隐者的态度。

韩非子更反对起用这类人，指出："那些隐居从事文学的人，国家太平时，他们不出力做事，国家发生战乱时，他们又不披甲参战，礼遇他们，则人们就不再努力耕战了。"年代越久远或乱世，隐者的地位才越重要。隋唐科举制度建立后，谁都可以通过考试参加国家行政管理，社会再无须"只钓王与侯"的隐者了。宋代范仲淹、欧阳修、王安石等大臣，学识和能力都十分强，哪一个是隐者出身？

# 贫困的简朴

今届澳门中学生的读后感比赛，征文主题是简朴生活，我担任评判，自然读了许多有关简朴生活的文章。那一晚，我将评分表整理好后，已是凌晨三点多了，除了电脑还发出微响外，周围静悄悄的。我呷了一口啤酒，一股冰凉由咽喉一直流入胃中。什么是奢华？住在几千美元一晚的总统套房？喝几万块钱一瓶的酒？不过，这些都是想出来的意义而已，对我而言，反倒简朴好像是与生俱来的，而且从来没有离开过，只是自己既不会感到沮丧也不会感到特别快乐而已。

少年时，我家在夜呣街租了一间"快把板"房子住，房子很小，只够放一张枱和一张双层铁床，父母睡上格，祖母睡下格，我和弟弟住第三格，第三格即是地板，在床底放上毛毡当垫褥，晚上我俩便钻进去睡了。这间大宅有二十间木板隔间房，邻居有警察、水喉匠、捡破烂、卖唱的失明人士和一个肺病老妇。二十户人家，只有两格厕所、两格浴室和一个厨房。我们这群孩子很少会在屋里奔跑的，因为同屋住着几户卖唱的失明人，平时就算上厕所或去厨房，也要经常避开那几个伸着手向前摸索的邻居，更害怕撞倒那位每走一步都要停下来喘气的肺病老妇。

父亲病故后，我家搬到下环街一个木屋区居住，那区的木屋不多，只有六七间，但有制豆腐工场、神香工场，空地上堆放着几十个油桶。我住的那一间木屋相当简陋，又特别低矮，舅父每当来访时，他必须弯着腰才能走进来。房中有一个向街的丁方小窗，但从来不会打开，因为街外附近经常堆满垃圾，只是不觉得怎样臭，可能是"久处鲍鱼之肆"吧。我不知道环境有多坏，但每次养金鱼都很快便翻肚，反倒老鼠却只只生猛，少年不识愁滋味，捉老鼠也是游戏，我们合制了大老鼠笼，月光下见鼠辈拥入，一拉机栝便捉到几只。电烤、火烧、水浸都弄不死的鼠大哥，最后只有连笼一起抛到海里。当年我们也是笑声不断，不过，这种贫困的简朴生活，我不希望过，更不希望我的孩子和世界上的其他孩子过。

# 旧大桥的风光

星期日乘公共汽车到路环参加绿化周活动，车经嘉乐庇大桥，水面上波光粼粼，我又看到了那抹久违的景色。年前听说这座桥要封桥半年维修，现在应该已过了半年又半年了，桥只让巴士和的士使用，行人和私家车都拒诸桥外。三座桥中只有这一座可以让行人漫步，何时才解封？真是天晓得。

1974年这座桥通车后，澳门市民便告别了乘船到离岛的历史。这座桥的气势当然比不上日后的友谊大桥和西湾大桥，但当年这座大桥却是澳门最巨大的工程。建桥时，施工队把铜马广场围起来，里面辟为工地和部分员工宿舍。澳门缺建桥人才，内地当时还未改革开放，相信工人主要是来自香港。不过，宿舍与葡京赌场为邻，过埠打工虽然薪金不错，但收工后没事干，往往便会到对面的大雀笼玩两手，结果许多都是白为澳门打工的。

有了这座桥后，离岛的山山水水就成为市民的好去处，桥也成了跑步的一个最佳路段，因为大桥开通初期，车辆过桥是要收费的，电单车收三元，汽车五元，因此桥上的车辆稀少，也因为海风的关系，空气比松山清新得多，所以每天下班后，桥头便聚着许多喜爱跑步的年轻人。黄昏跑大桥，如果遇着太阳下山，景色尤佳，夕阳的金晖无物不染，当然包括跑步者。站在桥顶高处，远山近水，十字门的江面浩浩荡荡，晚霞中间或掠过几只水鸟，王勃在滕王阁看到的"落霞与孤鹜齐飞，秋水共长天一色"的景色，相信也不过如此。

　　不过，我对这座大桥印象最深的，不是美景，而是台风，一次挂了三号风球，我与跑友斗快看谁先到凼仔，有强风相助果然健步如飞，不用十分钟后两人都"飞"到凼仔了。但去时容易归程难，强风加上大雨，别说跑，连每走一步都要握着桥栏的铁柱，结果捱了五十多分钟才走回来，妄为的代价是大病一场。

# 电影院兴旺的年代

有人说人脑比电脑快，若从回忆角度而言，相信此话不假，只要外来有一丁点的刺激，例如一片落叶，飘来几句旧歌，又或者一张陈年旧相片，这些东西一映入眼帘，脑海便会顿起波澜，"上穷碧落下黄泉"，就算是尘封几十年的往事，都会一忽间跑到眼前来，就速度而言，相信较之电脑一点也不慢。

在北京中山公园的音乐厅，挪威交响乐团还有二十分钟才出场，翻阅场刊，第一项是演奏"金手指"的主题曲，望着场刊，神思却回到放映"金手指"的六七十年代。童年时，只要是动作片，无论是武侠片或者是铁金刚片，我都不会放过。当时，澳门除了渔栏多外，戏院也很多，粗略算一算有金城、清平、平安、域多利、东方、南湾、百老汇、国华、乐斯、永乐、丽斯、丽都、康乐馆等十多间，康乐馆影院前身是南京戏院，不过，我第一次买票进场时已是叫康乐馆了。

我住在夜呣街，几百米范围内起码有七八间戏院，看电影方便得很。不过，家里从来没有给零用钱看戏的，要看电影只有靠自己。那时各类的山寨厂多，最普遍的是穿珠片，到珠片厂要些珠片回来，穿好交回，每张可赚一元左右，一星期完成一幅，有了这点额外收入，看电影便有了着落。如遇自己想看电影又没有钱的时候，还可以"揾衫尾"，要求大人带进场。不过，自己脸皮薄，总没有胆量开口，这方法我很少用。

少年时代，光顾得最多的是金城戏院，一来是近家，二来是便宜，三毛钱已可以买票进场了。第一次看武侠片也是在金城，那套由余丽珍主演的《半剑一铃》，飞剑满天飞，奸人死而好人胜，于是童心大乐，结果，我从此便成了武侠片迷，以后的《仙鹤神针》《如来神掌》《独臂刀》《龙门客栈》等等，一概都不会放过。到了李小龙的武打片盛行，我更是呼朋唤友地捧场。

# 阿 Q 赌徒

荷兰有一个妇人，不知道她是否应列入病态赌徒之类，总之就是有点不正常，她七位邻居合共中了一千四百多万欧元的彩金，独她当时没有掏出几块钱来买彩票，错过了发财机会，恨得牙痒痒的，晚上总睡不着觉，最后入禀法院控告彩票公司对她造成损害，但最终失败，法官认为她的失眠与他人无关。这位女士应该向我认识的那位阿 Q 赌徒学习。年幼时我在饼店当学徒，饼店里有一位师傅，晚上经常到"贼船"赌两手，不时夸口自己输了多少千元给燊哥，要知道，上世纪的 60 年代，打工仔每月能挣到百多块钱已是不错的收入，几千块绝对是一个大数目。他的几千块是这样输的：他拿着二三十块到赌场，有输有赢，他会累计总数，当输得精光时也没有所谓，他会整晚在赌台当"塘边鹤"，每见揭盅时便念念有词说开大或开小，估中了便算自己应赢而没赢，这类空宝一夜下来便中了几千元。不过这位三五七日会输几千块的赌徒，我从来未见他光鲜过，只有铺头开饭时，才是他夸口"豪赌"的时机，每当讲起输钱经历，青白的面庞会忽然泛起一点红晕。

《西游记》中，孙悟空经常使用瞌睡虫，谁被咬着必定立刻睡觉，作者介绍这批瞌睡虫是老孙同其他神仙对赌赢回来的。连不食人间烟火的神仙也抵不住赌的引诱，可知赌风的厉害。中国人虽好赌是自己赌，美国人好赌却是开赌。"赌"更已升华为殿堂的理论，一篇《博弈论》赢得诺贝尔奖。我没有读过这篇伟论，但这位仁兄的一些言行，却充满了"博"的心态，他将世界视为一个赌局，认为世界之所以有战争，皆因某些国家军力太强大，要打谁就打谁，为了使军事大国"博唔过"，他鼓励各国发展核武，认为这样世界才会有和平，因为谁启战火，自己也必将受到核武的攻击。他的理论也不全是歪理，不过，到全世界都拥有核武时，人类就与地狱为邻了。

# 神童

港澳两地的教育制度不同，香港每届会考发榜，全港的眼光便盯着那几个尖子，一时间几优状元、神童等满天飞，香港顿时仿佛多了不少神童。相反，澳门的学生好像都与天才无缘，其实两地一衣带水，没有理由澳门几十万人，几十年都出不了一个"神童"的，细思因由，大概澳门因为没有一个统一的考核标准，谁的成绩好，也只是一家一校的事。

今次香港会考发榜风头最劲的，莫过于九岁的沈诗钧了，他因数学成绩优异，破格被浸大、科大面试，参加世界性的英国高考，成绩亦获 2A1B，钧仔父亲要将他送进大学。儿童上大学，有人反对有人赞成，反对者指神童智力虽然过人，但并不代表心智成熟，应付不了大学的生活。赞成者则认为不让神童上大学，简直就是埋没了天才。不过，无论钧仔上不上大学，但有一点是肯定的，智商就算高到爆棚的"神童"，他的命运还是操在父母的手上。

中国历史上也有不少神童的故事，楚汉相争时，项羽进攻外黄城，外黄城抵抗了数日才投降，项羽打算屠城，下令所有十五岁以上的男丁都集中到城东，当时一个只有十三岁的小孩亲到军营拜见项羽，对楚霸王说道："现在大王到了，想把全城的男子杀掉，以后老百姓又怎会归心于大王呢？往后梁地十多个城池，恐怕都不会向大王投降了。"项羽想想也有道理，便停了屠城的念头。这个保护无数生命的小孩，历史只记载他是县令仆人的儿子。

《世说新语》记载，孔融十岁左右便机敏过人，一次出席大人的聚会，因应答得体，得到座中各人的赞赏，但被迟到的陈韪讥讽道："小时了了，大未必佳。"孔融立即回应道："想君小时，必当了了。"于是这个"小时了了"的故事便家喻户晓。孔融生活在东汉末年，那是传统道德失范的时期，整个社会都在欣赏反常的东西，如果今天的小孩都学孔融，牙尖嘴利地驳嘴，当父母的不头痒才怪呢。

# 往事留痕

## 街头郎中

澳门笔会办世遗景点古迹游，下午二时半在白鸽巢公园门口集合，临出发时才发现电单车的后轮爆了胎。这只绵羊仔，我日常返工放工、探亲访友、赴宴购物等等事项，全由它负起运输的重任，只要骑在羊背上轻扭油门，一阵轻吼过后，上马路、抄小径，一忽间便到目的地，现在却动弹不得。绵羊废了武功，我首先想到改乘巴士，不过，平常所见，除非一早或绝晚，否则在繁忙时间要挤上巴士、的士都不是件易事，赶时间更不可指望。平日自己骑着小绵羊经过车站时，见一堆堆伸长脖子、扭头向妈阁方向张望的准乘客和学生，心里也替他们焦急，挤不上巴士迟到，老师会听他们解释吗？"安得大巴千百辆，大庇天下寒士尽开颜"的愿望，相信与中六合彩头奖一样渺茫。

离集合时间还有二十分钟，从妈阁街到白鸽巢，说远不远，说近也不近，既然乘公交车没有把握，唯有步行。古迹游从北向南，我到集合地点的方向刚好相反，意想不到的是，这次赶路，却先让我作了一段怀旧游。

我住在南区超过四十年，大街小巷，生活痕迹无处不在，一路走，脑海便翻出幕幕淡淡的画面。河边新街那几幢旧楼，风貌依然，几十年来连骑楼的柱子也还是老样子，上世纪的60

年代，每逢春节前，渔民湾水上岸消费时，骑楼底经常有江湖郎中在摆文件，目标当然是那些辛苦了一年的渔民，当时我辍学，每天须到下环街市买餸，闲来便围在档前看热闹，一些年轻渔民如果不幸被拉着，郎中除了鼓其如簧之舌外，还会趁机用药水涂在渔民的手臂上，然后用木条一刮，一堆像瘀血的东西便会出现，郎中鉴貌辨色，一见对方害怕，便大耍嘴头，振振有词地道："年轻人，不要睇自己行得吃得，以为冇事，你有没有搬过重东西？有冇咳过？其实你已经挨到内伤了，你碰上我是你家山有福，否则过几年内伤一发作，到时生神仙也救不了你。"接下来便是推销他那些贵价的特效药了。

## 旧梦应须记

上世纪的六七十年代，澳门的手信业主要在清平直街和附近的街道，格局和现在差不多。以前手信业的对象几乎全是港客，那年代，如果假期有二三万港客到访，则整个澳门街就好像过节一样热闹了，现在每周动辄有几十万游客，那是做梦也不会想到的事。

旧时手信店不卖肉干，一式都是卖杏仁饼、盲公饼、鸡蛋卷、猪油糕和洋酒之类。我既然住在手信街附近，所谓近山食山，很自然便加入手信业这一行了。母亲的同乡开了一间工场，生产鸡蛋卷供应给手信店，那间工场在蓬莱新巷中的一间古老大屋地下，屋很大，老板只租用了一半，另一半是三个出租房。制作蛋卷虽然简单，但动作要快，一两秒之间必须将已烤熟的、薄如纸的蛋饼卷起成一个圆筒，不过，这一点完全难不倒我们这几个身手灵活的少年。唯一气顶的是那位包租婆，每天早上，当我们开工时，她便会烧香拜神，用我们都能听到的声调祷告："观音菩萨，保佑那班少年亡，早死早着！"听了那些恶毒咒语，心里总有几分钟不舒服。澳门不大，但几十年来，我从来没有再碰见过那几位共事的小同事。人生的际遇很奇怪，你不想见的人，却经常出现在眼前，希望再见的，却总是碰不着，或许那群少年同事，我们是曾经碰见过的，只是大家身形面貌变化太大，都认不出擦身而过的是故人。

不久，工场老板租了五洋大酒店地下的一个铺位，我便迁到那里工作了。五洋大酒店占蓬莱新巷半条街，地下的铺位十多二十个，不知道酒店属多少粒星，我印象最深的却是一次饮宴，当年老板娶媳妇，就在五洋大酒店的顶楼摆喜酒，饮宴过程早已忘记，唯一记得的是吃罢走出餐场，天台空旷的地方有回廊亭台，周围种上花卉小树，海风吹拂，树影婆娑。现在这座四层高的酒店早已拆卸，旧址成了临时停车场，那幅空中花园的景象只有永远留在脑海里了。

# 四十年前的理发档

自从无线那套《十月初五的月光》剧集播出后，十月初五街声名大噪，似乎一夜成名，其实这条街原名叫泗𠽃孟街，在上世纪初也曾是澳门最热闹的街道。1910 年 10 月葡国发生革命，为了纪念这个日子，澳葡当局便把当时人气最旺的泗𠽃孟街改名为十月五日街以兹纪念，但译成中文时，十月五日便变成具有浓厚中国味的十月初五街了。

我最早与这条街打交道是 60 年代中，不在手信店当学徒后，便到十月初五街的咖啡室当小工，侍应的工作时间相当长，早六晚六，月薪约莫有四十多元，老板很刻薄，规定每人只可取一个面包作早餐，为了防范多取，我们取面包时他必定站在旁边监视。我最喜欢是送外卖到白眼塘街那几间专卖咸鱼的手信店，因为经常有贴士，别小看那一角几分，当年消费低廉，看一场电影只需四五角。经过咖啡室的旧址，现在只剩空地一块了。

快艇头巷不长，约莫只有三十米，我特意走了一遭，一样的理发档，一样年纪偏大的理发匠，档前消闲的棋盘、扑克牌，一切如旧，电光石火之间竟有时光倒流四十年的感觉。我少年时代的第三份工便是到快艇头巷附近的火油公司工作，那条巷返工收工都经过的，当年，社会没有什么福利可言，劳苦大众都会量入为出地过着简朴的生活。每天中午，档前必有一个中年人骑着单车载来一大镡鲢尾，以极相宜的价钱卖给老理发匠，大家围着大镡，指指点点地选择"精品"，然后将就着进食。

虽然今日档口依旧，但已没有隔夜鲢卖了，老师傅也不会是四十年前的那一批。不过，理发是手作功夫，体力十分重要，年纪大了，自然手慢脚慢，新潮的发型屋哪会再雇用他们？这些靠"刀"生活的老师傅，一到年老力弱，最后只有流向街边了。我相信，只要那些档口还在，将永远是老理发匠的栖息地盘。


## 古井安然

古迹游的六个景点中，圣若瑟教堂和岗顶剧院是我第一次踏足的。坐在岗顶小剧院里的红色座椅上，气温调节得刚好，室外争秋夺暑，室内却如仲春般微凉。百多张座椅，只有我们这廿个不速之客，显得特别清幽宁静，大剧院应有的设备，看来这座古老小剧院都具备了，古典清雅，坐下来你就不愿走了。小剧院约在 1860 年建成，同人不同命，当这里的西洋人聚精会神欣赏歌舞时，太平天国的战火正摇撼着满清帝国的半壁山河。若说这座剧院是中国土地上的第一座西式剧院，我觉得有点疑惑，因为当时这里并不在中国的治权之内，应不应算作中国的东西？这等于日本占据了东三省，建成制造生物武器工厂，这些只能算是日本人的东西，绝不能视为中国首座生物武器工厂。

最后一站是郑家大屋，这座史称"十三间半"的郑观应府第，与《盛世危言》一样闻名遐迩，目前正在作维修。不久前看到大屋前庭建了护土墙，以为那口不可多得的古井已被填掉，所以一到府第便找古井，挪开井盖，十来尺深的井水映出自己嘴角挂笑的怪样，古井安然无恙。

我住在郑家大屋附近，围绕古屋我写了几篇小文，在葡治时代，眼见郑家大屋不受重视，任由它颓烂下去，心痛之余我便在那篇《屋》中写道："望着美轮美奂的西洋建筑群，我不为心动，内心老是惦挂着被弃置的郑家大屋，不知何年何日，突然一声巨响，这座誉满天下的郑家大宅，崩塌成一堆废墟。"事实也是如此，十年前的郑家大屋没有人保护，内里胡乱用几十枝杉木顶着，只要接近，可闻朽木发出阵阵的腐臭。指"前迎镜海，后枕莲峰"的郑家大屋随时都会崩塌并非危言耸听。现在已换了坚实的梁柱，承托我们众人的重量完全没有问题。

在古宅的天台上，天上的羲和着力加鞭，如果主观地忽视横亘在周围的大厦，那么江湖日落，微黄的斜晖，使这座百年老宅多了点诗意，而我们的古迹游也到了"挥一挥手，作别西天的云彩"的时候了。

# 黑沙

　　澳门现在很难找到一处清静的地方了，唯独黑沙海滩还算不错，但无论是假日或平日，也只有上午十一时前或者晚上才能保留一点昔日的风貌，其他时段，穿梭不断的旅游车，载着南北各省的同胞到这里歇脚，一手握着汽水啤酒，一手拿着鸡翼猪扒开怀大嚼，或站或坐在海边望海已是黑沙的一道风景。要命的是载客来的旅游车例不熄匙，车子像患了肺病的老人，微颤着喷出令人欲呕的废气。这个海滩，不久前因为威风凛凛的警阵而上了头条，谁打了谁？谁被打了？故事有多种版本，听多了变成罗生门，谁对谁错，只有当事人最清楚了。

　　对于我们来说，黑沙海滩几乎是伴随着澳门人成长的，至今依然。我觉得它最有韵味的时刻是中秋节，在我儿子刚学会走路的时候，我便开始带他来这里赏月了。十多年来，到黑沙赏月已成了中秋节的必备节目。到这里赏月必须很早出发，晚了，莫说停车场进不了，就算沙滩也难找到一处好地方，因为数以百计的家庭，一早便会划地为界，张罗起串串的灯笼，圈成暂时的领地。大人坐在一起闲话家常，小孩则四处跑，此起彼落的潮水声掩盖了私语，就算相隔两公尺，已不知道隔邻那家人在谈什么了。最兴奋的应该是小孩子，他们可以任意在海滩上挖洞燃蜡烛，就算更放肆一点，烧起报纸一类的东西，大人只会发出可有可无的轻叱。面对良辰美景，谁都会变得温和。

　　拉着儿子的小手沿着海滩走，不时见到一堆一堆的青年人围成的圆圈，中间燃着洋烛，他们在月色、烛光影里笑着、闹着，弹着悦耳的吉他，在晃动不定的光影下是张张笑红了的脸。我知道，身边拿着超人灯笼的小豆丁，不用多久，他也会像他们一样，在沙滩中与他的友伴共度佳节了。

今晚气温虽然下降，但车内不觉得有寒意。从龙爪角回望，沙滩黑沉沉的一片，回想起来，携带孩子到黑沙赏月，那已是多年前的事了。

# 气

"气"是一样比较空泛但又实际存在的东西，大至地球，小至人体，几乎都与气有关。地球上万物繁衍生长，有赖大气层的保护，但你从卫星图片上看，这层"气"无形无色，看不见、摸不着，只有当宇航船回来时产生的高温，才知道大气层的厉害。晚上划过天际的流星，美丽动人，正是这层大气为我们消灾解难，没有了它，月球那些大大小小、被陨石撞击而成的深坑就会在地球上出现。

事实告诉我们，肉眼看不到的"气"确实存在。中国人对气的研究，恐怕是最有心得的，气功便是一例，年轻时遇到一位气功师，他运气让我挥拳乱打，却丝毫没有受伤，他解释，只要将"气"运到被打的部位，那里就像充满了气的足球，越被大力打击，反弹力则会越大。至于谈到如何运气，却是玄之又玄的学问。

陶渊明指出人与鬼的分别，全在于一点"气"，人只要有一口气，就算是气若游丝，还属于人的范畴，但气息一停，则成了另一样东西了。在中国的传统文化中，"气"的地位特别重要，孟子的浩然之气，文天祥的正气歌，孙中山的浩气长存，这个气字的意义，中国人都知道是什么，但要说明白却不容易。别人问孟子何谓浩然之气，他也说："难言也。其为气也，至大至刚，以直养而无害，则塞于天地之间。"这样的解释，一样空泛得很。

广府人有关"气"的俚语俯拾皆是，什么"人争一口气，佛争一炷香""嗌声坏气"等。不过，有一样气是大家最不想要的，安放在机动车辆屁股上那管死气喉，车子一开动便有死气喷出来，这些气，只要多吸一点都会丧命，是真正的死人之气。这些有毒气体，每天都充塞在空气中，除非你躲在家里，一旦出外，则或多或少都会吸进这些死气。有些人，既不吸烟也不喝酒，却无端生出肺癌或什么怪病来，大概与长期吸入这些死气有关。忽发奇想，科学家连生命也可复制，何不发明一部小型过滤器，强制车辆装在排气管上，把死气变成蒸气才喷出来？我相信谁发明了这个地球恩物，他的名声可与上帝等量齐观。

# 风雨故乡路

家乡的亲戚去世，匆匆赶回去吊唁，办完白事后，撑着雨伞在村中走了一遭。家乡不远，就在石岐附近，但数数指头已十多年没有回去了。农村习惯，谁挣到钱第一时间便是建大屋，所以村中的房屋都是新旧相连，一些华美如别墅的石矢楼房，往往与破落的村屋毗邻。气温只有六七度，而且夹着冷雨，街道行人稀少，小时候总觉走不完的路，现在只几分钟便迈过了，多少次梦中萦回、那个夏天放风筝、冬天肆意奔跑捉迷藏的大草场，现在看起来，却甚不起眼。特意回到我们兄弟姊妹出生、现已荒废许久的祖屋，隔着围墙张望，大门深锁，屋前那片四五丈阔的小院子里，长着几株高大的枇杷果，树脚下全是枯叶，我望着这片原是菜地的小果林出神，孩童年代，一到冬天，当菜地没有种东西的时候，我们一群小童便经常在这里用泥筑成圆圆的小泥炉，用柴枝把泥炉烧得通红，然后将番薯和芋头放进去，弄坍泥炉埋着，再用干泥加成厚厚的一座小土丘，不让热量外泄，完成后，一群人便围着炉走，边走边唱着打炉鬼歌，约半小时后，用树枝捅开一个小洞，当香气透出来时，便知大功告成了。小心翼翼扒开热泥，把各种薯类掏出来，看看有没有少了，遇着有些被烧成灰烬时，大伙儿便认为是被炉鬼偷去了，为了防止这种不幸，所以唱打炉鬼歌时谁也不会偷懒。当然最开心的是捧着香喷喷的番薯、芋仔吃的时刻。

冷雨拍打着雨伞也敲打着阔大的枇杷树叶，举起相机为雨中的祖屋和小果园拍照，带着一点说不出是唏嘘或伤感的情绪离开。边走边想，的确，村中有不少荒废的旧屋，但这已不是鲁迅回鲁镇时所见到的那种破落，往往是屋主有更大的发展到了外地，或者买了新楼房迁到新区去了。离开祖屋，朝石岐的方向走，一跨出北村口，神情为之一愕，因为与刚才流连的旧区差别很大，距离祖屋只十分钟的路程，这里已是新厦林立，各类商店、超市相连，公共汽车、的士穿梭往来，原来随着中山市的发展，故乡早已成为石岐的一个新区。

# 人生路

晚上在北区饮完春茗，天气寒冷加上喝了一点酒，将电单车泊好后，改乘巴士回家。我家住在妈阁附近，搭巴士可说搭足全程了。晚上十一时多，巴士乘客寥寥可数，许久没有乘搭公共汽车了，原来现在有些巴士已和珠海一样，提前广播下一站是什么地方，粤语和普通话并用，的确方便了许多访客。车经过冷清的提督马路、高士德和东望洋新街很快便转入热闹的新马路了，扭头看旧工人球场那边，几座大型的赌场金碧辉煌，闪烁的霓虹灯把午夜的街道照得如同白昼。议事亭前地，迷人的灯饰，涂染出一片浓浓的春节气氛，经过光彩夺目的路段后，再往前走便是昏暗的河边新街了。

望着窗外不断转换的场景，忽然觉得人的一生，有点像乘搭巴士，一站一站地走过来。当我们开始懂事时便已是在路途上了，谁也不会追问如何走上人生路的，更不会知道前面会遇见什么。对大多数人而言，生命之始，身边便有父母、兄弟、同学和朋友，无论是快乐或者失落，那一群像与生俱来的人都相伴在你的左右，受了伤有父母兄长的关怀，失落有朋友安慰。少年充满了憧憬，在长辈们的庇佑下，这一阶段是最平静和幸福的。

岁月匆匆，生命会在不经意间进入青年的路段，体内旺盛的生命力开始爆发，身上感到有用不完的力量。青年渴望朋友，渴望爱情，向往正义和公平，走正途的，在这个阶段为人生打下坚实的基础。误入歧途的，在这阶段也可能犯下令人吃惊的罪恶。如果屏除了好与坏，这个时期是每个生命最辉煌的时期，因为充满了企盼和追求，也掺杂着欢笑和泪水。

在广阔的宇宙，地球以每秒三十八公里的速度飞驰，无论你愿意与否，时光这列快车，都会载着你向前走，敏感的生命叹道："人生之逆旅，百代之过客。"经过人生辉煌的路段之后，生命开始步入中年、老年，也渐渐由热烈趋向平静。其实无须伤感，因为最璀璨的一段你已经历过了，而且化成美丽的回忆任你咀嚼。

# 菊花肉

打开从中山小榄镇携回来的菊花肉，将一块放进口里，轻轻一咬，满嘴溢香。这阵香气想来已阔别了近四十年，上世纪的 60 年代末，我在清平直街的显记饼家买过一盒菊花肉，觉得很好吃，过了一段日子，想再买时已没有货了，初时以为是一时供应不上而已，但从此以后，这种砂糖配一块精制膘肥猪肉、外层用菊花花瓣包裹的零食，却没有在市场出现了。70 年代，曾多次走进手信店和超级市场寻觅，都没有发现它的踪迹，心里忖度，可能是肥猪肉制品对健康有害，没有人再生产了，自我找到合理的解释后，以后也就不再找了。十日前到小榄，竟然获赠两盒，实在是有种"惊艳"的感觉。

少年时吃菊花肉，可以说一吃定情，从此奠定了菊花在我心里的价值，因为在以后的岁月，花展中每逢见到盛放的菊花，我第一时间想到的，不是东坡那种"残菊犹有傲霜枝"的诗情，心里总会生起一种感觉，叹惜为何没有人将这些茁壮的菊花，制成可口的菊花肉，而让它白白凋零烂掉。当然，这种心思只有我自己知道，身边的友人是绝对想不到，当他们赞不绝口，蹲在花前左一张、右一张地拍照时，却有一个俗人正盘算着将它啖之食之。

其实制成菊花肉、菊花茶，或以菊花入药等，似乎都是广东人的事，北方文人提到菊花与食的关系，大概只有持螯赏菊那句而已。梅兰竹菊四君子，梅菊特别可爱，如果在白雪皑皑的萧条旷野，突然见到一丛怒放的红梅或黄菊，它那种傲霜雪的特性自然更令人肃然起敬了。历代咏菊诗不少，但将菊咏成永恒的，我认为陶渊明功劳最大，他的"三径就荒，松菊犹存""采菊东篱下，悠然见南山"简直是归隐田园、投奔大自然的代名词，尤其是后一句，被王国维称为"无我之境"的极品。不过，我一直搞不清楚，陶潜在东篱采菊来做什么的，注释也没有说明，这个"园日涉以成趣""抚孤松而盘桓"的山林仰慕者，说他采菊目的是放在草庐里欣赏，似乎与他的性格不符，难道他采菊也是为了弄吃？

# 人生的段落

上星期送孩子到氹仔上学，这天是他考毕业试的最后一天，望着他高瘦的身影跨进校门，心底突然有缕异样的感觉，因为从今以后，送孩子上学的工作便告一段落了。算算，送两个孩子返学的日子足足持续了二十多年。我泊好车，绕着校园走了一圈。小学不算数，就这间中学校舍，六年来除了放假，几乎每天早上都准时与它会面，在西湾大桥未启用时，争分夺秒过旧大桥那份焦急，相信只有曾经肩负过送孩子返学重任的父母才能体会到。因为迟到，惩罚便会落在孩子身上，但千百辆小车挤在桥上，要快也快不来，爬头更是危险万分，徒拥一份焦急而已，但这一切相信今后都与我无关了。

家是一个最基本的社会单位，它包含着你的未来，所有的奋斗目的，许多人愿意为它付出毕生代价的相信也是家庭。但一个家庭最有希望的时刻，应该是小宝宝降临的时候，小家伙那种调皮捣蛋或娇憨，无一不令身为父母者雀跃和难以忘怀，然而这一切很快便会转入另一个阶段了，当小家伙要上学的时候，功课排山倒海，父母每天不是扮奸便是扮忠，不惜一切催促孩子把功课做好。许多家庭的喜怒哀乐，直接与孩子的功课分数挂钩，功课的压力变成家庭的压力，这些转移了的压力使得许多家长与孩子的沟通成了问题，送孩子上学，其实也是一个不错的沟通渠道，因为在上学的途中，无论是坐电单车或汽车，与孩子都有亲密的接触，许多话也可以返学的途中谈的。

孩子无论如何调皮或口硬，他们对父母或家都是依恋的，年前香港有一宗虐儿案，孩子被父亲打得遍体鳞伤，但当记者问他想去哪里时，他不假思索地说想回家。好好地关心自己的孩子，因为他们唯一可以依靠的便是你，况且他们很快便会长大，当他们羽翼丰满要高飞时，起码你不会因为错过了与他沟通的机会而感到遗憾。

# 毕业礼

出席完儿子的毕业礼走出礼堂，夜色已经降临，刚才的阵雨，操场的积水倒映出一片碎散的光影，那些观礼的家长，在昏暗的球场内，与捧着花束的子女拍照，闪光灯闪个不停。儿子不知跑到哪里去了，也不想打扰这个属于他的珍贵时刻，我只静静地站在礼堂外的梯级上，望着不断挪动的人群，但思绪不断。

一个人的成长，正常而言，必定与读书连在一起的，由小学到中学十多年，这段时间却最费心费力，也是将来能否成才的基础。能否读成书，除了个人努力外，遇到好老师，家长的爱护，这三者缺一不可。所以，一张中学毕业证书，背后所需的助力是相当大的。老师肯花多少精神去执教我不清楚，但作为家长，为孩子的学业所付出的心血却最清楚不过了。儿子的求学路不能说充满荆棘，但也不算是坦途，起初，他在另一间小学就读，那间学校英语要求特别高，为弄妥这门课已花掉大量的时间，找人补习，家里连吓带骂的督促都于事无补，越读越没有信心，就在小六那年，他便垂头丧气地离开了学校，到现在毕业的学校当小六插班生，但属试读性质，半年后，班主任告诉我，这个孩子不顽皮，也肯用功，不明白为何不能在原校读下去。这位老师深谙儿童心理，一天孩子非常高兴地告诉我，老师让他负责收功课簿，这本是一件很普通的事，但在孩子的眼中却是一件大事，因为受到重视，他便更努力读书了，也因为这间学校英语与其他学科相对平衡，不用花太多的精神，他便有时间参加兴趣班活动，代表学校参赛也经常拿到奖杯。重拾信心后，家里那种为了功课经常剑拔弩张的情况不再出现，他读中学那几年，我可以实践父慈子孝的古训了。

儿子终于出现，匆匆与我们合拍几张照片后，又四处找同学去了，我耐心地待在一角，望着他在人群中忙碌，我明白人生的许多经历，都是一次性的，永远不会重复，也明白今晚对于他的价值。儿子毕业，本该兴奋才是，但我的心头却有一股说不出的滋味，因为知道今晚之后，围绕在身边多年的他，羽毛已丰，也到应该离巢的时候了。

# 数字最有说服力

布什出席北京奥运开幕式前夕，对媒体说很欣赏中国政府解决了那么多人口的温饱和就业问题。布什这番话相信不是客气话，应该是有感而发。每个国家元首，应付的问题虽然很多，但必须要解决的，相信总离不开国计民生，也就是就业和吃饭问题。作为经济强国，美国公布的就业指数、申请失业金等数据则更加重要，直接影响到世界股市的上升或下跌。

但凡当高级官员，自己管辖范围内的数据一定要清楚，不能糊涂，而且数字最能够说明问题。官做得越大，心中则更应有数，这是决策的首要条件。《史记》记载汉孝文帝时，陈平说周勃灭诸吕的功劳最大，应该让他担当右丞相，自己自动降一级当左丞相。陈平工于心计，当然知道周勃有多少料子所以才肯将第一把手的位置让给他。周勃高高兴兴上任，但当皇帝问他天下一年有多少诉讼案时，他回答不知道，再问天下一年有多少金钱和谷物收入时，他又张口结舌答不出，在百官面前窘态百出。担任丞相这样重要的位置，对全国的情况一点也不清楚，皇帝自然不悦，这时候，周勃才知道处理全国的衣食住行等民生事务一点也不简单，也知道自己不是当丞相的料子，不久便称病让位了。

周瑜在《三国演义》中的智力总是次孔明一级的，不过这是小说的版本，历史上的周瑜不单是个出色的将领，而且智力不凡，特别是对形势的分析相当冷静。赤壁大战前夕，整个东吴都震慑于曹操号称八十万大军的数字之下，朝廷大臣几乎一面倒支持降曹，连孙权是降是战也举棋不定。周瑜找孙权分析道：属于曹操的军队只有十五六万人，新降曹操的刘表水军也只有七八万而已，其他都是虚数，而且远道而来，实不足畏惧。并向孙权保证，只要有精兵五万便可破敌。周瑜用数字拆穿曹操八十万大军的神话，使得孙权的信心大增，决定迎战曹操，结果大败曹操于赤壁之下，写下战争史上最光辉的一页。

# 是城还是乡？

在一片城市化的浪潮中，四通八达的公路网，把遥远的村落连接起来，这是经济发展的趋势。新筑的公路就像一支火棒，延伸到哪里，哪里的村庄就会融化，自然村庄就会变形，农村固有的简朴，日出而作、日入而息的风格就会逐渐褪色，坐在树下的老人，望着村前驶至的隆隆机车，他怎么会想到，正是这条路和那些车子，正在改变祖祖辈辈都恪守的那份清静！城乡的界限模糊了，现在，中国每天就有七十座自然村在消失。当然，这种消失不是在地球上看不到了，村还是那座村，只是城市化了，失去了村庄千古以来的固有色彩。

读到这段讯息，心里总有一种滋味在翻涌，我记得上世纪的70年代，政府曾经提过要消灭城乡差别，因为那年代农村就代表了穷困，城市虽然没有今天般繁华，但远比农村有保障，谁都想挤到城市里，但户口制度严密，想当城市人只属幻想而已，后来不知何故没有人再提这个口号了。其实，对于那年代还是孩童的我们，乡村的日子并不难过，农村的广阔天地处处充满了生趣，正适合我们活动，今天，这些久远的故事已沉淀成一股甜蜜的回忆。

城市的魅力无法挡，年轻人梦寐以求的东西好像都在城市里，随着信息的无远弗届，大城市的五光十色相对一片寂寞的山水，哪里更有吸引力就不言而喻了。接近大城市的农村是最得益的，供应城市数以百万人的日常蔬果，单是生产这些东西就创造了许多职业和商机，虽然没有了以前农村那种"清纯"，但在热闹中又保留着一点村的味道，是特别有韵味的。故乡所见，许多新盖的房子都留着小院子，屋前屋后几棵树，养着走地鸡，鸡犬相闻的格调还在，清晨，此起彼落高亢鸡鸣，齐齐奏响了千古不变的乐章。现在广州、中山一带的村庄都是处于这种似城非城的状态，是城市化后的另一番风景，这是最惬意的农村生活。究竟是村还是城，我想许多新农村人也说不清楚的。

# 华佗再世

经过拱北，一个斗大的"华佗医务所"霓虹灯广告闪着红光，赠给医生"再世华佗"类的匾额见得多，用华佗做招牌的算是第一次见。中国古代医术最高明而又记载于史册的有两人，华佗和扁鹊，华佗生于三国时代，而扁鹊则是春秋战国的名医。两个名医都有一项超越当时技术的记载：华佗可以为人动手术，正因有这样的技术，所以建议为曹操开颅治头痛病时，便惹曹操怀疑他想加害于自己，结果借故杀了他。如果说那个年代没有可能动手术，但相传是华佗传下来的阉鸡术，却一直盛行于民间，后来更发展到阉猫、阉狗。扁鹊比华佗早生几百年，他更厉害，不过就有点玄，传说他饮了高人所赠的药便生出超能力，可以用肉眼透视人体，看到病者的五脏六腑，作用仿如现代人照 X 光一样，姑勿论有没有这种能力，但记载于史册，起码也是一种超前的想象力。

医疗事业在现代是越来越重要了。社会的职业虽然千差万别，但能够救死扶伤的，不外乎只有医生、护士和消防员等几类而已。沙士（非典）侵袭期间，大家才明白到这个行业的风险，澳门虽说没有医护人员伤亡，但香港和内地许多医护人员都在这一场不见硝烟的战争中倒下了。无论是战争或天灾，在最前线的总不缺医护人员。其实在平常的日子，我们也少不了他们，当你降临世间，第一个接触的不是爸妈而是医生护士。最后，当你走尽了人生路，无论你创造了多少的丰功伟业，或者潦倒街头，最后一刻也还得躺在病床上等待他们善后。

　　有人说干医护这一行太久，人就会变得冷漠，或者脸上少了点欢乐的笑容。我相信这是可能的。普通人的一生中，碰到的死人或许只有两三个，但医护人员天天与死神打交道，只有他们清楚地知道，人类的生命何其脆弱，这一刻生龙活虎，下一刻可能已是朽躯一具了。无知无惧的所谓乐天，怎会出现在他们的身上？而且，如果要求一个经常接触到别人的痛苦、对生命前途已全然了解的人，经常开怀大笑，我觉得是有点苛求。

# 南昌、宜春行

## 雾中登滕王阁

出席南昌市举办的第二届国际华人作家滕王阁笔会，海内外作家云集，当地政府重视，市委书记和一众文化官员都亲自迎接赴会的作家。到南昌，登临滕王阁是最重要的一项活动。四周空旷，一阁矗立江边，更使人感到楼阁的雄伟。滕王阁由李世民的同父异母兄弟李元婴所建，但名扬千古的并不在于阁子的建筑，而是王勃的那篇《滕王阁序》，这篇气吞斗牛的序写成之后，代代相传，与《兰亭集序》《岳阳楼记》《醉翁亭记》等组成了中国文学的一道特殊风景线，古往今来，士子文人谁不朗读？少年时代我便开始接触这篇优秀的骈文了，虽然似懂非懂，但觉得句子铿锵流畅，而且很容易朗诵，所以，像"襟三江而带五湖，控蛮荆而引瓯越""萍水相逢，尽是他乡之客"等句子早已深植心中。

70年代中，澳门人少车稀，黄昏我常常在旧大桥跑步，秋冬季节，天朗气清，每当在桥顶看到红红的夕阳从天边徐徐下降时，我就会情不自禁地停下来观赏，心想，滕王阁序的"落霞与孤鹜齐飞，秋水共长天一色"恐怕就是这样的景色了。那时候便一直希望能登临这栋名阁。其实就算当时真的跑到南昌，相信也是没楼可登的，因为这座雄伟的名阁，是在1985年才动工重建的，四年后建成开放。这个阁子自唐代到民国共毁坏过二十八次，也算多灾多难了。不过，屡毁屡建，始终屹立在赣江边。

滕王阁的无限风光全在顶楼，阁楼虽然只有六层，但是建在高台之上，感觉起码有新厦十五楼那样高。斗角飞檐，绕阁有走廊，是宋代的建筑风格。讲解员在室内介绍典故时，我已迫不及待地绕着回廊走，去感受"飞阁流丹，下临无地"的景色了，也想印证三十多年来一直藏在心底里的那幅"渔舟唱晚，响穷彭蠡之滨；雁阵惊寒，声断衡阳之浦"的绝妙画卷。可惜，江面飘起浓雾，只能隐隐约约地看到几叶小舟在灰蒙中撒网捕鱼。雾锁江山，能观赏到的景色自然不多，但登阁的感觉却是十分奇特的，像走进了自己那个久远的梦境。

## 不废江河万古流

喜爱古典文学的人，谁没朗读过《滕王阁序》？一旦登临这篇名作的诞生地，自然另有一番情怀。王勃是唐初四杰之一，到了盛唐，诗歌有了很大的发展，开始有人嘲笑初唐的作品了，杜甫对这些浅薄的人非常不满，于是便写了一首四绝响应："王杨卢骆当时体，轻薄为文哂未休。尔曹身与名俱灭，不废江河万古流。"千多年过去了，正如杜甫所言，当年的嘲笑者早已灰飞烟灭，但唐初四杰的作品还在文学殿堂里熠熠生辉。

可能江面雾气大，滕王阁的游人不算多，临江的回廊显得很清静，让我悠闲地细味登高望远的情怀。中国古代士子登高，为何经常满怀感触呢？这是一个奇特的现象，我想，大概是受儒家那种积极入世的思想影响。古代士子唯一的出路便是用功读书，从小便接受"齐家治国平天下"的训诫，一旦考取功名便可以为国家效力了，当然也可以改善生活和社会地位，但官场黑暗和封建制度的天然缺憾，历史上昏君和权臣总是不断出现，如果碰上昏庸无能的君王，你要为国为君服务谈何容易！饱读圣贤书的正直士子，更往往不能容于朝廷，受贬被远谪时，登上亭台楼阁，天高地阔与自己的漂泊身世便形成强烈的对比，吟诗作赋便满怀感触了。不过，这类作品大多数都如《离骚》一样怨而不怒的。范仲淹遭到一贬再贬，却借《岳阳楼记》表达自己"先天下之忧而忧，后天下之乐而乐"的伟大人格。王勃到滕王阁，也是因为写了一篇"檄英王斗鸡文"而被唐高宗李治逐出王府的，父亲也受牵连被远谪，一篇文章两代人受罚，但他在《滕王阁序》中却自勉道："所赖君子见机，达人知命。老当益壮，……不坠青云之志。"可惜的是写完这篇序之后不久，便因渡海翻船而罹难。

从回廊走回室内，同来的作家都走了，六楼大厅墙壁挂着一幅苏轼的书法，龙飞凤舞的行草刻在褐色木板上。当年东坡到访滕王阁没有留下诗文，只重抄了《滕王阁序》一次，他是书法名家，这篇手迹现在已成镇阁之宝了。

## 云谷瀑布

明月山是宜春的名胜，来宜春前，早已从精美的摄影画册里饱览这个山的风貌了，只是人到山前，这座大山却被浓雾包裹着，"不识庐山真面目，只缘身在此山中"，这话只对了一半，此刻我身在山外，却也无法辨识山的真貌。这样的感觉，相信一同游山的作家也有同感，否则诗人洛夫进山前题字，就不会挥笔写下"不知明月何处去，此地唯留雾绕山"了。

在休息室吃过茶后我们便去登山，陪同游山的宜春市领导说："天气虽然不好，但到了这里大家就随意走几步吧，否则也不算来过明月山。"撑着雨伞沿小路往前走，山谷弥漫着雾气，泉水急奔而下，这种不染一尘的空灵山色，最使久居闹市的人羡慕。越走越深，直走到汗流浃背、气喘如牛才到了半山，一条吊桥横空将山谷两边连接起来，站在吊桥中央眺望翠谷烟雨，这里已有不错的风景了。同行者到此开始分流，气力充沛的再往上走，体力不济或者预计不济的就在此打住。我选择了继续，因为我知道山巅有一道壮观的云谷瀑布。

不过，接下来的山路却是十分费劲，毕竟年纪已不轻，山路越来越陡，最后须每走十多级便要停下来回气。回首，山下幽径静悄悄，抬头，前路也杳无人迹，天地间仿似只剩下我一个。但我知道只要不停步，再高的山峰也可以到达的。

云谷瀑布在千五米处，距山顶只有二百多米。视野不清，忽然间云雾中传来低沉的吼鸣，我知道云谷近了。用大理石砌成的观瀑台与云谷瀑布相隔只有十来尺，三百多尺的瀑布在浓雾中飞泻而下，仿似见首不见尾的神龙从云中吐出来的。巨大的水柱与潭中大石相撞，立即化为尘雾雨点向四面飘散，我怀疑满山的雾气都是由这道瀑布撞击出来的。瀑布与巨石相激产生的山风掀衣揭伞，弄得我非常狼狈，但我喜欢这种狂野的力量，索性抛开雨伞，在轰隆的巨响里，让充满活力的云谷飞瀑溅满一身，也让宜春之行留下一道难忘的记忆。

# 咖啡档

新桥区刘德记咖啡室结束营业了，街坊们都感到愕然。我是这间旧式咖啡室的常客，在它结束营业的前两天，我还专程由下环街到那里吃早餐，全店人山人海，老板、伙计都忙个不停，看不出一点结束的迹象，但毕竟是关门大吉了，一间存在超过半个世纪的老店结束营业，作为老顾客，多少也有点惋惜。一些老店在结束之前，都会先来个预告，让老顾客依依惜别，拍拍照，留下一点集体回忆。但这位老板认真够性格，干净利落，在最兴旺的时候终止运作，使得那格画面特别深刻。在最灿烂的一刻结束，有点像日本人欣赏樱花的意蕴。

旧式的咖啡室逐渐消失了，但回想起来，澳门消失得最快最多的是街边的咖啡档。现存的街边咖啡档，除了红街市侧、岗顶、观音堂旁边和台山工联职中附近等几档外，其他特点好像已经没有了。这些数量与六七十年代遍布大街小巷的咖啡档相比，简直是萎缩得惊人。我的少年时代，最熟悉的就是咖啡档。大约十一岁时我住在夜呣街，门前有两档咖啡档，我每天早上就在近门口的康记买面包，有一次香港的亲戚来访，塞一张十元港币给我买零食，对我来说无疑是笔小横财，按当时的消费，十元可以买三十多瓶可乐，或者到清平戏院看二十场电影。早上拿港币买面包，康记除了找回十元葡币外，还送上一个面包，见我愕然，他便解释差价的事，从此我便知道港币有补水这回事。

后来，到下环街一个生产神香的工场当学徒，每天必须为那个师傅做两件事，一是到白鸽票铺代他落注，二是买咖啡，咖啡档就在门口对面，师傅每餐只要一份多士（吐司）和一杯斋啡就够了，天天如此。他有一句口头禅："人无横财不富，马无夜草不肥。"所以，一日三场的白鸽票他必定要买的。师傅的身材干瘦，偶然咳几声，像是患了病似的，但工作十分卖力，街坊都说他是勤力赌仔。时光流逝，许多身边的事物都慢慢改变形态或消失了，但帆布帐篷下放几张小板桌的咖啡档，却是上世纪六七十年代一道温馨的街景。

# 己所欲也不要施于人

近来家居附近搬进了一伙人，可能是粤剧发烧友，所谓爱屋及乌，为了让全世界都与他共同分享这份挚爱，每天在某个时段就将扩音器的音量开到最大，半条街都是"落花满天蔽月光"，有时想静静地读几页书，可惜就算把门窗紧闭，那音符也可透过门隙传进来。家中的年轻人只爱听流行曲，一听到这些节奏缓慢的粤剧音调，除了埋怨外，唯有扭大电视机的音量加以抗衡。

孔子云"己所不欲，勿施于人"那句话，是儒家的经典名言，意思是自己不想要的东西就不要拿去要求别人。待人接物的心境如果修炼到这种地步，可谓知书识礼兼识大体了，与这些人交朋友，你一定不会有损失。不过，我觉得这句话只讲对了一半，其实就算是"己所欲"的东西也千万不要动辄施于别人，因为世界上许多纷争、许多不幸，往往不是由己所不欲而施于人引起的，倒反是己所欲而想施于别人造成的，这种硬施的情况比比皆是。

在日常生活中，出于自己所好，往往也容易干出己所欲而施于人的行为。有些人携宠物入餐厅，并抱之上座，如果仅仅是坐等主人拿食物喂也不要紧，但一些人却在众目睽睽之下，拿起食肆的餐具喂宠物，人畜共享一套餐具，别人怎样看待我不知道，但我认为是十分唐突的，只要见过一次，这类餐厅我永远不会再去第二次。这也是己所欲而施于别人的行径。个人生活中持有这类心态，无伤大雅，影响也有限，但在国际事务上一旦秉持这种态度，分分钟会死人兼塌屋的。美国出兵伊拉克，除了力指这个国家拥有大杀伤力武器外，还振振有词地说，要为这个国家建立一个民主政体，并要求政、教分离。工业革命后到今天，西方挟着强大的经济、军事和文化优势，君临天下，把自己的标准视为世界的标准，在满是伊斯兰教徒的国家，送来美式的政体，这是己所欲而施于人的国际版。结果是有目共睹的，除了有超过百万的伊拉克人死伤外，更有四千多美兵被打包返国。

# 山缘

有团体举办庆祝国际劳动节郊游活动，我随三百多人到黑沙水库家乐径登山，浩浩荡荡的一队人，就算有山贼躲着，相信也不会来个拦途截劫。这样多的人游山，有点像欧阳修在《醉翁亭记》里描绘的"负者歌于途，行者休于树，前者呼，后者应"的情景。自从在路氹山头发生行山人士被贼人捆绑打劫后，阴影难除，本来到野外活动，重在寻幽探秘，远避闹市喧嚣，但心存阴影时，每到一个弯角或树丛时，总疑虑有山贼跳出来喝道：留下买路钱，继而被捆绑经夜。所以我已许久都没有独自到路环山头散步了，当心瘾难熬时，也只敢绕着黑沙水库边的小路走，贪图水上活动中心有看更，一旦被劫，求救可能容易些。

我特意走在最后，将近下山时，路旁有座凉亭，亭是凌空而建的，亭下是一片杂木林，坐在那里休息，了无遮挡，阔大的黑沙海面，几个红的、绿的风帆在水面上飞驰，点活了一湾碧海。山风徐徐，远处偶然传来几声鸟语外，并无其他杂声，身心突然感到十分舒泰，觉得在这个亭子里坐多久也不会生厌。我虽然不是登山专家，但这二三十年间也走过不少的中外名山，例如欧洲的铁力士山，中国的泰山、黄山等，但感觉上只有中国的山是别具一格的，外国的名山，虽然雄伟巨大，但总是缺了一点幽雅，但中国的名山，树奇石怪不在话下，还留下许多诗人墨客对山水的讴歌，濡染日久，渐渐便成了我对山的整体意念，例如登上泰山，只要向下眺望，心底便自然会涌起"会当凌绝顶，一览众山小"的诗意，游外国名山就没有这种感觉。

传统文化对山一锤定音的，是孔子那句"仁者乐山，智者乐水"的评语，这句话几乎成了华夏民族对山的最高礼赞。于是，千百年来那些大仁大勇的智者，或不随波逐流的士大夫，往往喜欢与山为伍，所以，岩穴之士几乎就是高人的代名词。我喜欢行山，不过肯定与仁拉不上关系，纯粹是想出身汗而已。只是在山上漫步，李白那种"登高壮观天地间，大江茫茫去不还"的美景往往会在不经意之间出现，这是流汗之外的另一类收获。

# 拥抱作别

8月将临，除了那些中小学生惊呼暑假过得快之外，数以千计到外地读书的准大学生，正紧张地筹备行程，而这些入世未深的十八九岁青年，有如刚长满羽翼的雏鹰，拍打着翅膀，仰首蓝天蠢蠢欲动。这时候，最放心不下的相信是父母，眼看着身边的他或她，乳臭未干，却要去面对没有自己在身边的日子。不过，无论你愿或不愿，子女总是要独立的，他们要去创造自己的世界。

去年送儿子到外地上大学，周围纵然人来人往，但老伴儿眼中只有他，在旅行袋里插进一把伞，又翻出药箱检查，看看感冒药、止痛药的有效期，直到够钟要入闸了，还依依不舍，仿似有说不完的叮嘱，眼角的几滴泪花，使得分别显得分外严肃。而我却不知道如何表达，中国人的父子关系总是那样怪怪的，想握手作别，忽然觉得不应用对朋友的方式对儿子，要他多加保重，也似乎有点过分生疏和单调，最后硬绷绷地来个拥抱，孩子被我突如其来的动作惊着了，有点不知所措地站着，而这一拥抱我便完成送别的任务，也省回了千言万语。

与儿子挥手作别回家，路上我俩各怀心事，大家都沉默无言。总以为现在有手机，拨个电话便知他在哪里，晚上上网，还可以聊天，沟通那么容易，离别不应伤感的。事实却不然，看她眼中的泪光，便知道无论是如何豁达，分别总是令人神伤的。

走进儿子的睡房，除了街外偶然传来几阵车声外，一切显得异常安静，忽然感到时间过得真快，也是这里，儿子每天缠着我讲故事的往事，仿似昨天才发生的，但今天他已经上大学了。身为父母，我想心情永远是矛盾的，既想孩子成熟，又希望孩子留在身边，其实这是一个不着实际的梦。

人生聚散无常是一种常态，也是灯下每个家庭的故事，一个没有太多人知道内容的故事，但甜蜜得没有东西可以比较。或许这些珍贵的生活经历，就是织成人生最有价值的一个网，一个你我都没法摆脱的亲情的网。

# 非常之观

　　今年第一个强台风吹袭，天文台高悬八号风球时，如往常一样，不少市民狼狈地撑着雨伞赶回家，但也有年轻人无惧风雨，跑到码头观赏浪，一些更大胆的，选择风急浪高的时刻去滑浪，乍看太不智了，这样的环境随时会发生意外，自己死是心甘命抵，与人无关，但往往还得累消防员涉险救人。不过，忽然记起，自己年轻时，不也是这样疯狂吗？在刮台风的日子里，常常骑着单车到西湾，去欣赏惊涛裂岸的壮烈，那时候西湾还没有围海造湖，巨浪激起的水柱直吻岸边的树梢，虽然也觉得危险，但在狂风中看到一堆堆巨浪，如困兽般扑向堤岸，然后撞成雪白的水花向四周飘散，觉得是难得一见的美景。

　　少年不知天高地厚，也不会明白何谓危险，有一次挂三号风球，与朋友打赌跑旧大桥，狂风中看谁先到达氹仔桥头，我让四条灯柱的距离，有强风相助，跑起来全不费劲，七分多钟便"飞"到氹仔了。不过，去时容易归时难，回程时，莫说跑，连步行也必须抓住桥边的铁栏才站得稳，阵风夹着粗大的雨点如箭般射来，击打得肌肉发痛。去时七分钟，回来一个钟，当时身边经过的车辆，车中人看到我俩的狼狈相，相信也会嘲笑我们傻气，但那种体验却毕生难忘。

　　好奇心相信是人类进步的动力，相对动物，大概只有人类才会为了追求真理，为了一睹未见过的美景，主动地身赴险境。穿梭机发射时曾经发生两次机毁人亡的惨剧，但人类并没有畏缩，继续作太空探索。连一些亿万富豪也搁下在家享福的机会，花费巨资要随航天员升空，目的为了从外层空间一睹地球的壮丽。王安石说："世之奇伟、瑰怪，非常之观，常在于险远，而人之所罕至焉，故非有志者不能至也。"为了追求那非常之观，人类是前赴后继的。旅行家余纯顺，几年前徒步横越罗布泊大沙漠，不幸迷路，一个月后，搜索队找到他那个蓝色的小帐篷，只见他赤裸地躺着，身边是折得非常整齐的衣服。在缺水缺粮的时候，相信他知道追求非常之观的代价，所以没有慌乱，在满天的星辉下，安静地复归大自然。

# 从火石到海鲜

香港日前破获走私海鲜，走私客就如鱼一样跳海游走了，留下一批龙虾、象拔蚌等贵价海鲜，时值几百万。乍看新闻，直觉上以为有人将贵价海鲜走私到香港，但原来是我会错意，据海关官员解释，这批私货，是个小数目，走私集团为免一次失手损失过大，采用化整为零的手法，以免受重创，而海关最大的一次是搜获的海鲜价值过千万。我这才发觉自己十分OUT，没有跟上时代，对内地的观念还停留在改革开放的初期，看不到这十多年的发展，中国已是不可同日而言。其实去年香港海关也搜出不少偷运到内地的皮草，动辄便是千万。

在近五十年的历史中，香港和澳门因为社会相对稳定，经济发展，生活水平远在内地同胞之上，正因为如此，从港澳走私货物回内地可以说是一种常态。在上世纪的60年代，一天在香洲街头碰到相熟的澳门人踏单车经过，交谈起来，才知道他因为把几粒打火机的火石藏在袋里没拿出来，所以沦为走私客待审。那年代，为了满足亲友的需要，相信很多人也试过，就算大热天时也多穿几件衣服过关，多穿衣服的究竟属不属走私，则见仁见智了，但却是一种普遍的过关行为。那年代破获的走私货物充满了时代性，而且永不重复。改革开放初期，内地和香港海关搜获的多是手表、录音机和香烟之类。到80年代香港失车严重，警方多次破获准备偷运到内地的汽车。90年代，手机则成为热门货，船运大批大批地偷运，因为手机体积小，个体走私客可以一次过贴满几十部手机，脱掉衣服，全身有如披上了盔甲。踏入 2000 年，私货多是电脑等高科技产品。到现在接二连三的货品，已渐渐变为皮草、海鲜之类的高档消费品了。

走私虽然是件坏事，但反映了消费市场的变化，也反映社会的富裕程度。其实，现在中国的外汇储备有二万多亿美元，卖出时值二万多亿美元的货物，你得支付约十四万亿的人民币，从走私皮草到走私海鲜，但背后却昭示了一个事实，神州大地已拥有一个高消费阶层，所谓藏富于民，大概就是那个样子吧。

# 相机

　　收拾衣柜的时候，翻出那部单镜反光菲林机，相机性能还好，调好镜头按下快门，"咔嚓"一声，相机没有菲林，当然不会有相片，但那一声单调的声音，亲切而又遥远，勾起了我许多回忆。这部已投闲置散的相机，十多年来随着我走遍了大江南北，数十本相簿里弥足珍贵的相片，大多数都是由它来完成。

　　十五年前到欧洲旅行，它便来到我手上，当时珍而重之，我不是摄影发烧友，拍照都是为了留下生活的痕迹。在铁力士雪山的冰洞里，一家四口穿戴得十分臃肿的照片，以及在峰顶堆砌小雪人的欢乐，都由这部相机留下了记录，现在翻阅，大家看得津津有味。那次旅行儿子还十分小，当看到自己在巴黎圣母院前竖起V字形手势的相片时，讶异地问："我到过巴黎吗？"

　　在吐鲁番火焰山山脚，顶着四十多度高温拍的几张相片，现在拿在手上，似乎还保留着那股灼人的热浪。而山海关雄伟的城楼，就在它"咔嚓"一声留下了倩影。相机的发明，相信是人类一项最重要的发明，因为它的出现，许多珍贵的事物和景象便永远留存，让后人可以凭吊唏嘘，或者展示事物的真相。但最重要的是，能让每个人、每个家庭留下最珍贵的记忆。

　　数码相机面世，菲林机便萎缩了，随着竞争，相机性能与价钱反道而行，花几千块便可以拥有一部质素相当高的数码机了，现在街头巷尾，不时见状似摄影家的年轻人，频频举机按快门，对于这些影友，"谋杀菲林"是上世纪的名词。

有人说每个人心中都有把尺，用来量度事情的对或错，其实每个人的眼睛都是一部相机，把最深刻的东西拍下来，然后藏在心里没有人知晓的地方，什么时候翻阅？当你看到那个坐在街角的老婆婆，嘴角无端端露出笑意，或者公园里的老伯伯低头不语，朋友，请别打搅，他们可能心里正在翻阅那本属于自己的相簿。

# 永不回顾?

许久以前看了一出意大利黑白片,内容和细节已忘记了,唯独电影院放影片的老师傅对着即将离开小岛到罗马碰机会的小助手说的那番话,却一直留在心中。那句话大意是:"你离开这个岛之后永远不要再回来,只顾往前走,一旦回顾,往事就会拖慢你的步伐。"看那出戏的时候自己还年轻,认为那句话十分合理,人要发展,只有向前冲,是不应该往后看的。

事隔多年,当自己也不再年轻的时候,回首前尘,才知道要做到"忘情"谈何容易!经过下环街市,就在街市大门对着的那座三层旧楼,二楼的那扇紧闭的窗,与四十多年前同一模样,当年我祖母和姑姐住在那里,那年代我正在银业读小四,每逢放学,我经常从侧面的小楼梯走上去,祖母与我感情特别好,我一到,她便高兴地捧出许多零食,我一边食杏仁饼,一边挨着窗户看街市门口拥出拥入的人群。在一个星期日,我起床不久,邻居告诉我祖母发生意外,我飞奔到那里,祖母安详地躺着,双眼紧闭,医生说她是脑溢血,昏迷两天便走了。祖母后事办好后,姑姐便离开这个伤心地到了加拿大。我到二楼收拾一些遗物,想到一旦离开,以后便不会再来,我特意在窗前站立了好一会儿,然后才把窗户关好,想不到这扇窗一关便关了四十多年,而且从来没有见它打开过。实在不明白,几十年来,澳门地产几起几落,许多旧屋都拆建成新厦,但这幢旧宅,却丝毫没有变动过,至今还是四十多年前的模样,每逢经过，我很自然便抬头张望，童年往事便会突然闪现。

　　人在一个区域生活久了，便会累积许多故事，一个弯角，一幢楼房，或者一个公园，只要你走到那里，就会自然而然地浮现往昔的故事，要忘也忘不了，这是很自然的事。不过，不同身份有不同的看法，僧家有一个说法，就是不在同一棵桑树下住上三天，意思是久了怕对桑树产生感情，我是俗世人，当然不明白那种超然物外的好处。

# 西湾桥下

　　相信很少人会留意西湾大桥下那个小小的公园，虽然时近中午，阔大的桥面挡住猛烈的阳光，款款海浪拍岸，凉风迎面吹拂，从桥底往氹仔望，高厦林立，无论从哪个角度看都是一个现代都市。这里距离人车争道、废气乱喷的闹市只需五分钟车程，如能放下工作，抽空来这个桥底坐坐，相信你会有意想不到的收获。吸饱了海风，抖掉身上的尘埃又可以回去拼搏了。

　　人是十分奇怪的，住在城市里，却想着山林，那些住惯山林的却整天希望到城市发展，这种追求很难判断对或错。城市最缺乏的是绿，绿色的山，绿色的树，以及清新的空气，陶渊明辞官返乡下耕田，在《归园田居》里高兴地唱道："久在樊笼里，复得返自然。"的确，人在大自然里最容易体会到生命的价值。不过，现代都市其实亦是大自然的一部分，也有吸引人的地方。以前读过一本书，书名和作者都忘记了，但记得是介绍云南泸沽湖女儿国的，一个小女孩，她在乡间过着简朴的生活，一次代表村庄到昆明参加民歌比赛，这个十一二岁的小女孩第一次接触到现代都市，便被文明吸引住了，回到自己的母系社会里，充满活力的小女孩怎样也按捺不住对现代文明的向往，最后带着几块人民币便到昆明闯荡，奋斗多年，人到了外国并且成为一个时装设计师，书中有姑娘站在船头远眺泸沽湖故乡的插图，虽然婚姻并不如意，但她从来没有后悔当年的离家闯荡。

人类社会发展到今天，几乎所有的知识和财富都集中在城市里，都市就等于是文明的代名词。山林沃野，虽然可爱，相信不会是大多数人的选择。中国山水最美的地方不是和尚寺便是道观，但对着一片永恒不变的山川，那种孤寂是可以想象的，东坡有一次到深山老林去探望和尚，景清得令人神伤，他深有感触地写道："不如西湖饮美酒，红杏碧桃香覆髻。作诗寄谢采薇翁，本不避人那避世。"

桥面上的隆隆车声夹着清脆的鸟鸣，显得有点古怪，但回心一想便释然了，我们既然选择在城市里生活，而人多车多就是城市的常态，我们既要享受便利，心理上就必须同时接受那种与城市俱存的噪音，鱼与熊掌只有少数人可以兼得。

# 澳门往事

## 第一次赚钱

澳门上世纪60年代初，到处都有木屋区，青洲、林茂塘、筷子基、新填海、马场（现在的佑汉新村）以及圆台仔等处都是较大型的木屋区，有些区的木屋一间挨着一间，特别稠密，而筷子基、林茂塘等地的木屋则建在水上，中间靠一条小木板搭成的小桥贯穿各屋，是居民出入的要道。电影里的木屋充满温馨的情调，但现实中，特别是水上木屋的居民，都过着担惊受怕的日子；春、夏怕台风，秋、冬忧火神，因为一旦被祝融光顾，那条木搭的小桥，便是唯一的逃生路，真是鬼哭狼嚎。所以，住在那里的劳苦大众，充满了守望相助的精神，一旦发生火警，首先便是自救，往往在消防车未到的时候，便把火及时扑灭了。那个年代，好像没有人会想到要求政府改善住所的，不知道是没有这方面的意识还是对澳葡政府没有冀望，总之就是那样挺着过日子。

当年我家住的木屋群就在妈阁街港务局大楼对面的山坡，大约只有二三十间，属小型的木屋区。因为挨着山边建，环境很差，每到下雨，那些水就从石缝里流出来，涓涓细水从床下流向门口，然后沿着山坡流下去。事隔十多年，在70年代末，我到那里找朋友，在大厦的背后，左穿右插之间，眼前出现的却是自己童年住过的那间木屋，门前小巷几乎都是原来一个模样，脑海翻腾浮现的，是当年一家人在小巷围着桌子吃晚饭的情形，可惜祖母与父亲早已不在人世了。朋友就住在这间旧居里，他招呼我到家里坐，我婉拒好意，便匆匆离开。

爆竹行业曾是澳门的主要产业，起于何年我没有考究，但在 60 年代初还相当兴旺却是事实。不久我便到下环街的爆竹厂干搓炮工作，一间很深很空旷的古老大屋，三十多部搓炮用的器械挨着两边的墙放着，这些器械似小型秋千架，高约三尺，中间挂着一个重甸甸的木头。搓炮简单，用铁条穿着松软的炮壳放在底盘里用力一推，便把爆竹搓实了。搓炮逐箩算工钱，每箩大约五角钱左右，但一箩炮壳起码有三四百个，所以钱不易赚。到爆竹厂搓炮的，以师奶居多，因为时间自由，不会影响买餸煮饭和照顾孩子。


# 穿珠片的年代

夜呣街的一幢旧大宅，是我童年时代的第二个住所，地下住着包租婆一家，二楼则用"快把板"间成二十个房间出租。虽然地板用瓷砖铺砌，但因为是木构造，谁一跑动，全层都感觉到震动。住户多，孩童便有一大群，一旦玩耍起来，仿如地动山摇，经常惹得师奶们掀开门帘大声喝道："作死呀，玩得咁癫！"被人骂，正在追逐嬉戏的便沿着楼梯冲到街上去了。

二十户人家挤在一起，公共厕所只有两格以及两个仅可容身的浴室，小厨房里每户准摆一个火水炉和一个铁镬，各自在房间里用电饭煲煮饭。租金按房间分为三十元、五十元和八十元三种，别以为同是天涯沦落人，房分三等，身份也有分别，有资格住得上八十元大房的，大家都认为户主一定是有不错的入息，俨然是大杂院的富户，起码当年我是这样想的，所以，我们就算怎样玩耍或乱冲乱撞，但从来不敢撞进那些大房里去的。

夜呣街街尾与转蓬莱新街交叠，而蓬莱新街在 60 年代是条旺街，约六十米的一条小街里便有五洋大酒店、海星西餐厅、华记饭店以及两间云吞面店等，是通向新马路的最佳通道，拐个弯便到清平戏院，海上皇宫和金碧赌场就在附近，而清平直街当年是响当当的手信街。司打口则有四个茶座，夏天晚上，茶座满是客人，街坊们携幼扶老来到这里，享受牛角扇吹来的凉风。那年代，冰箱还是昂贵的奢侈品，来茶座喝汽水、剥花生，几乎就是平民阶层的一种至高享受。茶座每隔一段时间，便有盲人抱着月琴来卖唱，一曲既罢，便扶着小女儿的肩膀逐台讨赏钱。当年司打口的那种格局，大概可以列入平民夜总会之类吧？

回想起来，在上世纪的 60 年代，看不见有丁点的社会福利，或者存在但我们不懂找吧。我曾入读小学，但随着父亲生病，不久便辍学在家，负责买餸煮饭，有空便到珠片厂领一些珠片回来穿，那时候，家庭手工业盛行穿珠片，沿着布片绘好的图样用针线钉上胶珠片便可以了，每张一元多，不过几天才能完成一张，但在低消费的年代，这点钱已足够我买零食和看电影了。

## 渔村本色

上世纪 60 年代，在我的眼中，澳门有很多渔民，这些壮硕如牛的水上人，穿梭往来河边新街、清平直街和新马路一带。每逢春节湾水，这个时候从主教山顶俯视内港最为壮观，那些密密麻麻的渔船，把内港挤得水泄不通。现在新年，回澳度岁的渔船一样多，但有一点明显不同，大批渔船湾水，走在街上，你没有办法分辨哪些是青年渔民，是没有青年入行还是与岸上青年同化了？但在六七十年代，水上人家的形象是十分鲜明的。特别是春节这样的长假期，几乎所有的渔船都回来，这时候，只要近期电影里的当红主角穿着什么，那么街上就满是这样款式的服装在晃动，秦祥林穿白西装，那些皮肤晒得黝黑的青年也穿白西装。林黛、何莉莉、陈宝珠梳哪些发型，她们的头上也顶着这样的发型。当时望着他们从眼前经过，觉得他们太趋时了，现在才明白，他们穿白西装，梳林黛头，大概是因为整年在海上辛劳，不会知道岸上正流行些什么，进到店里，店员介绍什么当然便买什么了。他们的穿戴打扮，所谓"女为悦己者容"，只要邻船哪位阿哥阿妹投来一瞥已心满意足了，哪会理会岸上人的评头论足！

一到渔民湾水，内港一带的茶楼食肆便十分畅旺了。许多渔民喜欢到海上皇宫的茶楼饮茶，因为饮完茶，可以到附设的赌场玩几手，不过，可能这么一玩，整年的辛劳所得都贡献给赌场了。当年由巴素打尔古街到妈阁有几十间鱼档，据说鱼档老板最喜欢借钱给渔民买新船的，因为一旦借了鱼档的钱，以后的鱼获便得交给这间鱼档了。澳门地方小，鱼获肯定不全是内销的，街市鱼档多卖一些红衫、大眼鸡、白蟹和癞尿虾等大路货，上价货大概转销到香港去了。

春节渔船湾水，渔民袋中有钱，这段时间，除了吃喝和看电影尽情消费外，渔民互助会都会组织一些健康的文体活动，例如南湾旧工人球场未拆迁时，每逢春节，渔会便举办球赛，这时候，这群海上壮汉，便弃手用脚了，可能因为长期在海上工作，身体纵然强健，但不善跑，所谓海军斗水兵，半斤八两，但胜在认真，场边观战，常常笑得回不过气来。

# 兵马俑阵前的焦土

到西安的兵马俑展馆，强秦的气势在这个阵势中表露无遗，但有一处地方却引起我遐想联翩，就是进入墓穴方阵门口的地方有一小撮火烧的焦土，据说是当年抗秦大军攻入咸阳时，项羽火烧秦王陵时留下的，他大概想学伍子胥一样，把吞灭六国的秦始皇掘出来鞭尸吧。项羽先烧秦宫室还是先烧秦王陵没有人考究，秦宫室那场大火连烧三月，可谓惊天动地了，然而事隔二千多年，一切都已烟消云散，只剩下兵马方阵前的那小块焦土，远远望去，仿佛还隐隐地透着西楚霸王那股怒气。这片小小的焦土，我觉得是整个展馆最有生气的，它告诉我们，背后的铁甲方阵不论如何威武雄壮，但笑到最后的不是他们，也为雄霸春秋战国几百年的秦王朝画上完结的句号。

中国的历史，楚汉相争固多气壮山河的故事，但我觉得吴越争霸的历史才是影响最深远的，出现的人物虽然没有经过儒家的教化，但有情有义，角色十分鲜明，如卧薪尝胆的勾践、功成身退的范蠡、美绝天下的西施、忠而被诛的伍子胥、兵法祖师爷孙武等，还有那些经典的教训："飞鸟尽，良弓藏；狡兔死，走狗烹。"几千年间一直都深深地烙在华夏民族士大夫的心底里，他们何时不是怀着忐忑的心伴在君王身边？吴越争霸以血淋淋的事实为我们留下了一段段可泣可叹的教训，这是有别于孔子那套温文儒雅的教育的。

文种与范蠡同为勾践办事，没有看到勾践那种翻脸不认人的凶残性格，结果便应了"狡兔死，走狗烹"那句谶语。越王杀他的借口："你教我七种计谋去讨伐吴国，我用了三种吴国便灭亡了，还有四种在你那里，你就到地府教我父亲使用吧。"那段历史，最痛快的是有仇必报的伍子胥，那个时代，还没有君要臣死、臣不死为不忠的约束，楚平王无罪诛杀他的父兄，他千辛万苦助吴王把吴国建成一级强国，然后攻入郢都，鞭楚平王的那条"咸鱼"为父兄报仇。对这些行径，无故被汉武帝阉了的司马迁写道："弃小义，雪大耻，名垂于后世。"

# 铁门

　　自从盖茨创建了那条网上大路后，网上世界就不断地自我演进，繁衍出无数的品种，实用与虚拟并存，无论身处地球哪一角落，只要轻敲键盘，你要的讯息瞬间便到眼前，网络世界消灭了时空和国界。现在的年轻人，不会上网的相信寥寥无几。我也上网，但仅限于浏览新闻和发几封 E-mail 而已，就算找数据那样简单的事也甚少做，更遑论网上购物那些操作了。朋友说网上地图，既可以防止旅行时迷路，闲来也可以欣赏一些异地风光，回家试着办，输入中国两字，整个中国的版图便呈现眼前了，找到澳门一直敲键盘，位处珠江口的澳门便越来越清晰，找到自己住的妈阁街，街道寂静，除了一个老人家在行人道上踽踽而行外，街上只有一部的士，再看堆积的修路杂物，便知道那是两年前的照片。我知道这是真实的情况，那条街，当上学和上班时间一过，整条街往往只有一两个行人，与中区、北区那些人山人海的情况真有天渊之别，那种安静，予人一种舒适的感觉。电脑的功能，原来还可以沿着这条街往前行，忽然，我找到自己的家，大概相片是上午拍的，我家的窗户没有打开，茶色的玻璃窗反映出远处大厦的身影。

　　在一个广阔的网络世界里，竟然找到自己的家，那种感觉真的很特别。将镜头转回大厦门口，三十年来没有翻新过的大铁门紧闭着，面对凝固的镜头，心里忽然想起许多事，的确，这条临近世遗景点的街道，上网浏览过的人或许成千上万，但相信没有人会留意这扇门的，更不会有人会想知道门后的故事，但我却对这铁门充满了亲切的感觉，因为经过这扇门便可到家了。结婚时，喜滋滋地推开铁门把新娘子迎进家里，孩子由牙牙学语，到自己懂得拿着钥匙开门，再到拉着行李远赴外地求学，也是经由这扇大门进出的。一条街道上有多少扇这样的铁门？门虽然不起眼，但我知道，每扇门的背后都有许多平凡但令人刻骨铭心的故事。

# 新下环街市

内子买餸回来，喜滋滋地告诉我，说下环街市综合大楼已开放，除了地下及一楼是街市外，还有熟食中心、活动室和图书馆等设施，并扬扬手上刚办妥的借书证收条。

下环属于老区，什么康乐设施也没有，现在新建的街市，提供多元化服务，这实在是下环区居民的福音。为了一睹综合大楼的新貌，翌日我便到那里去了。到二楼的熟食中心用早餐，平日在街边摆档的熟食档几乎全搬到二楼了，那档卖茶果汤和豆腐花是我经常帮衬的，老板正赤着上身忙碌着，我问他生意如何，他满面笑容地答道："起初以为搬上楼，一定冇运行，但上来以后，才发现生意还不错，这里有冷气，不用大汗叠细汗那样辛苦，不用在街边食尘，命都长两年，算是中了个小奖。"看他眉飞色舞，我也替他高兴。这些档口都是经营了数十年的老街坊，我由少年食到中年，但近十多年来已没有在街边食东西了。在上世纪的六七十年代汽车不多，蹲在街边食碗牛腩面或喝绿豆沙，的确充满了市井风味，但现在车多人多，加上店铺冷气机喷出来的热气，坐在街边进食绝无风味可言，搬到室内，卫生条件好自不在话下，室内宽敞兼有空气调节，却收街边档的价钱，况且各档特色没变，长远而言，生意一定有的做。

露天进食区阳光猛烈，没有一个客人，室内却是凉风习习，这种反差更显出室内的优越。我在下环区住了四十多年，年纪很小便经常到下环街市买餸，当知道旧街市将会拆建时，心里觉得有点唏嘘。生活的步伐总是向前的，对旧物的情结，观看欣赏者与使用者往往两种心情，以前西湾海面上经常驰过挂着白帆的渔船，一派渔村风韵，现在一艘也不见了。不过我明白，渔民在海上谋生，应付急风巨浪，除了装上卫星导航等先进设备外还要马力充足，放弃帆船是十分正常的。旧街市拆了，虽然有点可惜，却多了一个为市民提供多元服务的中心，我觉得划得来。

# 求学者

今天早起，经过下环街市附近时，又见到那个不良于行的少年过马路了，今天他身上没有书包，是放暑假或已完成了学业？这是一个我认识多年但从来没有打过招呼的街坊。六七年前，当我还要送孩子上学的时候，便经常见他背着书包，两个胳肢窝撑着拐杖，艰难地拖着双腿向前挪动。这样形容一点也没有夸张，因为他的两条腿是完全不能向前跨的，向前的动力全在拐杖上，正常小孩用十分钟走的路，他大概要花上半小时，所以，夏天时上衣尽湿，就算是隆冬季节，他额上还常常冒着汗珠。几年来他都是孤独地在街头逐寸地移动着，看他整齐的衣服，不似孤儿，但从来没有看见过一个成年人在他的身旁出现。只要遇到他过马路，我自然把车停下来，既是让路，也默默地向这位艰辛的求学者致敬。

平常的街头风景，只要细心发掘，往往包含许多令人钦佩的故事。那位残障少年当然不会留意到别人的眼光，只顾走自己的路，去追求自己的目标，或许著名的天文学家霍金正是他奋斗的对象。

这个世界看似各不相关，不过，就是这些各自为政的行动，如小贩斤斤计较，父母喋喋不休，政府左一个政令右一个规则，议员的指桑骂槐，奸商设计牟取暴利，劳工为了权益游行示威，贼仔计划抢钱，警察出更维持治安。正是这些杂乱无章，构成了我们充满活力的大千世界。你在看风景，但你自己也成了别人的一道风景，这就是人生了。只是有人幸运，出生于较富足的家庭，可以接受良好的教育，在成长过程中，更有长辈的照拂。同时因为社会以学历为重，这些在优质环境里长大的，就处在较有利的位置了。一个合理的社会，就是要尽量帮助相对弱势的一群，创造机会让勤奋的人凭努力改变命运。

# 沙滩狂欢舞会

在《夏日嬷嬷茶》那部电影里，女主角郑秀文要到乐浪岛接收她亲戚留给她的沙滩屋，有财团要将这个岛建成度假村，出高价希望购买她的屋，所以郑秀文很想早日将房子卖掉返回大都市生活。可惜也有半间屋产权的男主角任贤齐，他生性吊儿郎当，并不重视金钱，却喜欢与碧海为伍，故事就围绕着这个主题展开。在沙滩尽头，这间外景屋挨着山坡侧伫立着。不知道是这出戏使得这个沙滩出名，或者是因为沙滩的美丽风光，吸引导演选择到这里拍戏。讽刺的是，就在嬷嬷茶外景屋的旁边，现在已建起了一座马来西亚建筑风格的大型度假村酒店，而外景屋属于酒店的一部分，现已辟为专卖纪念品的商店，晚上远望过去，黑暗中灯光通明，拥满了游客，有点像澳门手信街那样热闹。

海滩的沙洁白兼幼细，就算阳光如何猛烈，踏在沙上，一点灼热的感觉也没有，反而觉得有点清凉。黄昏，出海玩潜水和观鱼的都陆续回来了，体力充沛的年轻人意犹未尽，便三五成群地玩起沙滩排球来。整个海滩除了快艇偶然发出几阵马达声外，只有风声和欢笑声，晚风中散步尤其觉得惬意。沙滩大约有三公里长，但不似海南岛亚龙湾那样笔直，中间有座小山丘，把两边的沙滩分开，通过小路，拐个弯又是一片天地。沙滩上建了六间酒店，有简陋有豪华，沙滩设施虽然没有标明是共享的，但你可以随便坐在沙滩椅或吊床上，却从来不会有人赶你走的。我到处逛，倦了便躺在吊床上，透过阔大的椰叶仰望蓝天白云。

网上订房时便知道黑夜降临时沙滩会举办狂欢舞会。DJ台就在距我住处不远的椰树下，一到晚上 9 时便播出强劲的音乐，DJ 用广东话、英文及普通话呼叫大家跳舞，他成功了，大批人拥入沙滩舞池，不过，所谓狂欢只是几十个人手拉手围圈跳集体舞而已，气氛热烈，但一点狂也没有。环顾左右，我是年纪最大的一个，当然没有落场与年轻人同乐，只顾拥着一桶啤酒扮醉翁，直到意兴阑珊，才带着酒意回房，让窗外的劲歌送我入梦乡。

# 人生得意须尽欢

日前出席远房亲戚嫁女婚宴，这位亲戚，幼年时与我是同住在下环一个小木屋区，当时她大概是五六岁吧，人较害羞，整天依偎在母亲的身旁，瞪着明亮的眼睛看着我们这些大哥哥工作，转眼间原来她的孩子已经长大成人了。澳门不算大，但一旦各自为生活奔忙，如果不是机缘巧合，要再见面也不是件容易的事。提早赴宴，一些很少往来的亲朋故旧，阔别几十年后又聚在一起了，这种感觉很特别，酒浓意更浓，觥筹交错之间，许多模糊的记忆却渐渐清晰起来了。

60年代初，下环街83号是荒废的空地，不知谁在那里搭建了十间八间木屋，三十块钱左右便可以租住一间了，虽然简陋，但始终是可以遮蔽风雨的家，所以那里住得满满的，不过七户人家之中与我有亲戚关系的就占了三户：舅父、堂舅父、姨妈都同住在那里。60年代，澳门的华人居民生活就算如何困苦，但大家好像都没有向政府提出要求的，是不齿向殖民地政府开口，还是明知开口也是白开口呢？大家就是这样和稀泥地生活着。亲戚中我家是最新加入的，主要是我父亲病故后，为了节省开支和方便照顾，舅父便要我们搬到他附近居住。舅父虽然是老粗一名，但心地善良，不单照顾我们，还将在香港患了严重肺病的大姨妈接到家里照料，他粗中有细，知道肺病容易传染，所以绝对禁止我们兄弟走进他的家。

这个空地还有豆腐工场和制神香工场，那时候看豆腐婆用石磨磨豆腐，滚热的豆浆里，只要放进一些看似板酱的东西，不久便成了嫩滑的豆腐花了，觉得很神奇。除了批发豆腐花外还制腐乳，我们这班孩童把发酵好的腐乳入樽，每樽一角，那时候东西便宜，三角可以买一瓶可乐了。当年与我们同住的长辈们，一个也没有在宴会中出现，相信大多数已作古了，人生就是这样循环不息地交替着，谁也逃不出大自然的规律。主人家来敬酒了，看着那群年轻人神采飞扬的脸，脑间忽然涌出那句"人生得意须尽欢"来，仰头便把如血的红酒一饮而尽。

# 微甘的苦酒

　　到濠江中学与一群年轻的文学爱好者交流，望着课室的同学，说真的，心里确有点紧张，因为不知道是否应付得来。有一句老话，指世上产生那么多的麻烦事，皆因有人"好为人师"。以自己那点底子来学校弹唱，庶几近于班门弄斧了。我年轻时，虽然也喜欢读散文和小说，但仅仅是读而已，甚少拿笔去写的，直到踏入中年才开始尝试投稿。其实读与写不可同日而言，龚自珍一早便看出两者的分别了，《己亥杂诗》第一首便云："著书何似观心贤，不奈厄言夜涌泉。"意思是说写文章比不上读书那样聪明，但无可奈何感慨如泉水般涌出来。

　　有时候，觉得掌握文字是幸福的，可以把深藏在心里的感情写出来。我记得童年时，一位与我母亲相当要好的同乡，她善良、勤劳，但丈夫不爱她，独自搬到香港居住，唯一的孩子也被丈夫趁她不在时偷偷地带到香港，她知道后，万念俱灰，便在圆台仔蹈海自杀了，灵位摆放在新桥的竹林寺内。多年来，每次到寺院，我必到灵位前献上一炷清香。积压三十多年的一份同情，当写成《福赐婆》一文后仿似还了一笔心债。

　　我一向很羡慕画家，觉得他们凭着一支笔便能把人间最美的东西留下来，而创作时心境平和、气定神闲。但写文章的心境却不一样，作家起码要有同情心，但世界太多不公平和不幸，所以，你越深入社会，越了解人生，你就越难张嘴大笑，甚至在欢乐的时刻，往往也会无端地产生感慨。古文《春夜宴桃李园序》，李白本来与家人共叙天伦的，但他却在把酒言欢之间感到生命的短暂，叹息道："光阴者，百代之过客也。而浮生若梦，为欢几何？"文学家眼中的人生，我觉得鲁迅诠释得最形象，他说："用时光来冲淡苦痛和血痕，日日斟出一杯微甘的苦酒，不太少，不太多，以能微醉为度，递给人间，使饮者可以哭，可以歌，也如醒，也如醉，若有知，若无知，也欲死，也欲生，他必须使一切也欲生，他还没有灭尽人类的勇气。"真心实意搞文学的，大概都会时时呷饮这杯微甘的苦酒。

# 我们与索马里同级

坐在联邦酒楼近窗的位置，罗理基博士大马路中央那排榕树开始抽新芽了，春天的讯息总是从嫩绿开始的。新口岸新填海区变成现在这个模样，大约是 80 年代末和 90 年代初的事，算算也该有二十多年了，属于一个不新不老的城区。这个区现在变化真大，如果离澳较久的老居民回来，对的士司机说去新填海，恐怕懂这个旧称呼的人不会太多。整个新填海除了眼前这几棵老树外，大概已没有任何旧痕迹了。

我不是新填海居民，只是在上世纪 60 年代末，我工作的饼店在那里租木屋作工场，于是我每天骑着单车，沿着罗理基树下那条马路到工场开工。新填海是木屋区，当时还有许多菜地，所以水池处处，水多则蚊多，在那里工作，最要命的是傍晚，就算周围燃起蚊香，蚊子还是成群结队绕着身子转，避无可避，手脚都是攻击的目标，非常难受。真佩服那里的居民，好像见怪不怪的，在这样的环境里却淡然处之。

今天的新填海区，除了大厦林立外，内街的金铺、名店和食肆比比皆是，一片繁华。当年田头倚锄的菜农，相信没有谁会想到这里的巨变。澳门回归后发展迅速，成为一个远近知名的大都会，社会虽然还存在这样那样的问题，但今天远胜昨天却是一个不争的事实。

最近有某个国际机构作生活质量调查，一百九十四个国家和地区，澳门排在第一百三十位，仅仅高于伊拉克、索马里和几个穷国而已。读毕那则新闻心里总是不服气，如果澳门那样差劲，每年竟有二千七百多万的游客到访，也吸引到全世界的名牌都争相到澳门插旗。赌收除了屡创新高外，零售业的销售金额也直追香港，证明那些游客除了赌场耍乐外，还留下许多钱去消费，而这些消费是惠及各行业的。澳门人资短缺，反过来证明各行各业生意十分畅旺。一个吸引全世界眼光的娱乐之都，居民的生活水平竟然与海盗横行的索马里同级，生活素质也仅高于枪炮隆隆的伊拉克，这是澳门的现实吗？有机会真要到索马里亲身体会一下两地的生活质量。

# 找份好工

又有新赌场开张了。现在赌收屡创新高，赌收高，库房固然增加了收入，因为荷官本地化，政府不准输入外劳，所以新场开幕，即代表多了几千个高收入的职位。要人工高，道理很简单，不外求过于供而已。劳工界力求保住这份高收入的差事，益澳门人但未必益老细。我的朋友，几个月前辞工跳槽到新赌场受训，虽然旧铺头待他不薄，但新职位人工较旧铺头多了一倍，等于个个月出双粮，这是打工仔梦寐以求的事，所以每逢碰面，他总是脸带笑容的。在澳门要找份好工不容易，收入高和福利好当然首推当公仆，只是澳门五十五万人口，公务员却有二万二千多，人数已达饱和，现在开考一个公职，闲闲地有几百人与你竞争，僧多粥少，机会微得很，退而求其次便是当荷官了，这是稍次于公仆的职业。

澳门自从开放赌权后，整个社会便发生根本的变化，我记得几年前警方在氹仔某地盘捉了几十个香港黑工，早上茶楼的茶客好像遇到喜事一样，议论纷纷，一位老伯笑着说："估不到风水轮流转，香港人竟然跑来澳门当黑工！"语带吐气扬眉的味道。澳门与香港一水之隔，但香港由 60 年代开始渐渐成为玩具、制衣等行业的重要产地，有一段时期更成为玩具出口王国，及后又发展成为亚洲经济中心、世界三大金融自由港之一，多年前银行集资总量已排世界第四。澳门人几十年来望着香港由小埠变大埠，最后变成世界著名的大都会，而自己却还在原地踏步，这种发展速度几乎连自己也看不起自己。港澳港澳，不单是押韵问题，经济和国际影响力也是这样排列的。回归后，澳门赌权开放，大量投资带来改变命运的机会，摆脱了长期依靠香港的格局，只是这样小的地方短时间内却涌来大批的资金，副作用便是楼价居高不下。

香港派钱，怎样派和如何派，意见莫衷一是，我第一次读到香港报章新闻，要求政府来澳门取经，说澳门派了几年钱，却很少出乱子。香港会不会派人来澳取经？我认为不会，因为老大哥是很难放下身段来向小弟学习的。

# 看不下去

香港立法会搬家在即，这个各派政治势力拳来脚往的地方，一直是社会的焦点，镜头一转，画面是立法会屋顶那位女神，这个地方前身是香港最高法院，女神右手提天平，代表着公平、公正，左手握剑即表示掌控生杀大权，而白布蒙眼，意思最明白不过了，就是表示不避权贵，六亲不认，法律面前人人平等。这个公平、公正的理想图腾，年轻时曾着实令我景仰过。但现实中是否真实？上世纪 70 年代，美国发生一宗劫案，一群自称美国解放阵线的匪徒打劫银行，被捕劫匪中有一个是美国某富豪的女儿，父亲聘请全美最著名的律师为她辩护，记者访问这个律师，问他是否应该为这个公开打劫银行的人辩护，他只答道，受聘于人就应为事主尽力摆脱指控，意思是收人钱财为人消灾，这里不存在公义的问题。他不愧为大律师，搜集了许多生理、心理的报告，指出富家女不愁衣食，为何会生起打劫银行的念头？这是被匪徒洗脑的结果，陪审团接受他的解释，虽然镜头下富家女持枪打劫无所遁形，但依然得以脱罪。

美国标榜三权分立，但我不明白为何委任大法官时，却由总统提名，然后还须参众两院通过，而不是由司法界或者法官互选产生。有人笑称美国有两宗案子是永远弄不清的，一是克林顿的雪茄，一是橄榄球明星辛普森的手套。辛普森的妻子和情人被人杀死，他是最大的嫌疑，传闻他获无罪判决，是考虑到他如获判刑可能会掀起种族的问题。获释后，辛普森却出了《假如我做了》一书，书中的杀人情节描绘得栩栩如生，这无疑是对"法律面前人人平等"的一大嘲讽。

香港 80 年代的佳宁案，审了几年，连香港律师公会主席也身系大石自沉于私家泳池。这宗花了大量公帑的官司，证据确凿，但因为主审法官在开审的初期调乱了某个程序，这个低级错误除了要当庭放人外还要付昂贵的堂费，而所有曾经引用过的证据都不可再用了，有罪无罪真是天晓得。女神蒙双眼，大概是自嘲看不下去了。

# 红尘滚滚

日前一则小新闻，报道台湾举办纪念三毛逝世二十周年的演讲会，这才惊觉光阴似箭，三毛去世转眼便二十年了。当年她自杀的消息一公布，心里也曾为这个才情横溢的才女唏嘘过。认识她和读她的作品，是听了她填词的电影主题曲《橄榄树》："不要问我从哪里来，我的故乡在远方，流浪、流浪……"因为自己年轻时也向往那种"五岳寻仙不辞远，一生好入名山游"的生活，所以对三毛孤身在撒哈拉大沙漠流浪，与游牧民族为伍，住帐篷，吃烤饼，在漆黑的沙漠中数满天的繁星，觉得她非常洒脱，心里着实羡慕。对于流浪，有一段时间，几乎可以梦想成真。最后一天上班，当下班时间一到，我缓缓关上看守多年的仓库大门，便骑上电单车直奔西湾湖边，望着天边的云彩，心想，从明天起，所有的时间归我所有，每年无论如何也要到外地流浪一段日子，要圆遍游名山大川的梦。先去张家界的山头住上半个月，还是先到云南洱海泛舟？选择洛阳也不错，在洛水岸边，体会苏轼"待闲看秋风，洛水清波"的情怀，越想越兴奋，可惜现实中自己还要照顾家庭，到处流浪，始终只是一个梦。

三毛的散文，虽多写异国风情，但写情也是相当感人的，她丈夫荷西潜水意外身亡，她无法接受这个突然降临的命运，难以自拔，每天的生活，便是从家里走到坟场，在荷西的墓前插花打扫，然后便一直坐等太阳下山，这种生活维持了许久，父母千里迢迢从台湾飞来相劝，但没法令她改变，直到有一天，三毛坐在窗前，看到母亲苍老的背影，孤独地沿着斜坡走下山去为自己张罗生活用品，望着渐渐远去的背影，她幡然觉悟，自己颓废，最伤心的就是自己的父母，于是便收拾细软，离开与荷西共筑的爱巢，随母亲回台北，人也开始振作起来了。后来听说她的剧本《滚滚红尘》拍成电影，未上映，插曲"留一半清醒留一半醉，至少梦里有你追随……何不潇洒走一回"已唱遍大江南北了，这些歌词充满参破世情的禅意，不久便传出她自缢身亡。大概她一直无法忘记与荷西的一段情吧，红尘滚滚，最难消的是一个情字。

# "烤"牌

经过金光大道的电单车考车场，二十多个男男女女驾着电单车在上天桥、打 8 字，烈日下，单看他们皮肤的颜色，便知道谁是老手、谁是新丁了。这个露天考车场太阳猛烈，那些教车师傅，皮肤晒得较之西藏的牧民还要黝黑。女学神为保护皮肤都穿起轻便的长衫，虽然闷热，但总好过晒成黑炭头。这个考场并不理想，学神的驾驶执照像是"烤"出来的。那么多人学车考车，当然有实际需要，现实情况是，每天返工返学时段，截的士简直有点异想天开，乘巴士则十分挤迫，如果拥有驾驶执照，买部"小绵羊"，上班下班不必挤巴士，送小孩返学则更加方便快捷，这是目前个人解决出行难的最佳办法。在澳门，相信除了老人和小孩外，打工一族以至家庭主妇谁不想考个驾驶执照？所以，在可见的未来，大街小巷肯定会是电单车的世界。

三十年前我已是有"牌"人士了，但考牌绝对不是轻松的事，我第一次考汽车牌时考场在和隆街，舞着几吨重的货车，刚想出街口，考官便大声叫道："落车！"嗫嚅地问"肥佬"原因，他答道："你的车头太前了，看不到左边有车驶来吗？"考牌的处女作不足十五分钟便完蛋了。两个月后又到考牌日，这次考场已改在旧赛车看台（现在文华东方娱乐场对面），这次考官戴着眼镜，一派书生模样，心想，这个应该善良一点吧？上车后一路直奔新口岸考场，小心翼翼地在小胶桶布成的方阵里转弯、入位，一切看来完美无缺，泊好位，心中刚生起一点喜悦，忽然四眼考官果断地喝道："落车！"说完他自己已跳下车了，我打开车门，但还死赖在座位上，委屈地申辩道："我没有撞着任何东西！"他托托眼镜，慢条斯理地说："刚才你的倒后镜经过胶桶的上空，如果这个胶桶是路灯柱，倒后镜早已撞碎了，落车吧。"教车师传看着我那副哭丧脸，安慰道，不要紧，入禀再考过，你一定能成功的。他说得不错，几个月后我终于过关了，拿着临时驾驶执照，载欣载奔，回家立即驾着已买了半年的老爷车，直驶向新马路，一路上红灯绿灯，人来车往，紧张到全身冒汗。新牌仔，原来有老师在旁和没有老师在旁是两回事的。

# 人类专家

第一次上沟通激励的课，也首次看到黑板上"人类工程师"这个称号。人类被人当作一项工程看待，心里总觉得有点怪怪的。如果一个人被称为水利工程师，当然是对水有相当的了解，而土木工程师就是熟悉土和木。所谓师者即是专家也，除了解事物外，还懂利用这些自然物质为我们服务。兴修水利灌溉良田，我们丰衣足食，建筑广厦万千，使我们住进舒适的家。只是将"百忧感其心，万事劳其形"的人类作为对象一样加以改造，真有点不明所以。人类杰出者数不胜数，微软的盖茨、星云大师或者股神巴菲特等精英，谁有能力加以改造？我一直认为，人类这个整体，戡天役物，创意无穷，是地球上最伟大的生物。

现代社会竞争激烈，如何发挥团队精神，以及激发员工的潜能，是企业生存的头等大事。其实，鼓动个体走在一起发挥团队精神，政治家或者政客可说都是在做同样的工作。孙中山认为中国人的积弱就是不团结，一盘散沙，为改变这种状况，中山先生多次要求中国人组织同乡会、联谊会等社团，以此改变一盘散沙的局面。只是这些以兴趣、同乡形成的组织难以发挥为国赴死的功能，最后还需以三民主义精神，组建革命组织同盟会，最终推翻了满清建立共和。孙中山擅长演讲，一张嘴凝聚了万千精英为之奋斗，甚至不惜付出生命，如果当时已有人类工程师，不知道中山先生应该排在哪个级别。

以前有一个广告，员工返工时先到天台喊口号，这些口号是千篇一律的，就是强调自己必胜，以此自我激励，每天工作就在竞争战斗中度过。其实，西方这种战斗风格的生活哲学，是有迹可循的，近百年以来，影响世界最大的哲学家，其中一个是尼采，他强调人绝不能做神的奴婢，号召人要不断地超越自我，不单要战胜别人，更要超越自己，尼采是德国人，纳粹党正是采用这种超人精神使得德意志迅速强大。西方进取型的处世态度与东方有容乃大、主张礼让的风格迥异，只是今天西风东渐，传统的处世之道似乎已经越来越不管用了。

# 心愿

刚踏入新一年，手机短信便响起来了，是朋友的贺词："祝你心想事成，万事如意。"以前每当新年伊始，我多多少少都会有些心愿的，例如读哪几本书，到哪里旅行，年轻时还会加上准备拿多少个冠军等等。现在一把年纪了，心愿变得很简单，就是身体健康，吃得睡得。其实要心想事成谈何容易！只是心愿一旦达成，那种满足感却是无可比拟的。

南方人甚少碰到雪，我一直渴望能一睹天降大雪的情景，别以为这是唾手可得的心愿，要达成还需要机缘巧合的，十多年前到欧洲铁力士雪山，虽然满山白皑皑的积雪，但因为去得不是时候，只有雪而没遇上下雪，心里总觉得有点遗憾。为一睹飘雪，有一年刚踏入 1 月便飞到吉林和哈尔滨，以为在冬季，而且逗留近十天，总有机会碰到下雪吧？吉林的雾凇很漂亮，哈尔滨的气温也低至零下二十多度，可是晴空万里，一点降雪的迹象也没有，与飘雪也就缘悭一面了。直到两年前到北海道，因为是 11 月初，完全没有想到会遇到下雪，所谓"无心插柳柳成荫"，就在洞爷湖旁观景时，忽然眼前飘下如蒲公英种子般大小的雪花来，而且越下越密，头发、衣服上都沾上了雪花，这是我平生第一次遇到下雪，兴奋莫名。为见这几朵雪花，我足足等了四十多年。

我认识一个老伯，几十年来在澳门守着一块菜地，他的心愿是衣锦还乡，但耕那几分菜地哪有余钱衣锦回乡？后来农地被发展商收购了，手上有了一笔钱，他第一时间便是要圆衣锦还乡的心愿，子女当然也体谅。回到故乡，村中所有老老嫩嫩的亲戚都聚到大厅来了，他坐在中央，手中拿着一沓人民币，站在旁边的侄儿大声点名："虾头。"一个流着鼻涕的豆丁走上前，侄儿介绍道："这是三表姐的二儿子。"老伯便从手中数了两张十元纸币，小豆丁上前接过退下去了（那时内地工资还是做是三十六，不做也是三十六的后期），二十元绝对是个大数目。他足足派了个多小时的钱，一边派钱，嘴巴笑个不停，连旁观的也被他衣锦还乡的快乐感染了。

# 创造

乔布斯去世，竟然引起世界的一阵轰动，可说是一个很奇特的现象，这种现象起码证明了两个事实：一是在科技领域里是不分国界的，谁为人类的生活创造了新元素，谁便是偶像。二是真正独领风骚的人物，未必需要一些什么特许机构认同的，例如诺贝尔奖委员会等。诺贝尔没有颁奖给乔布斯和盖茨，但论创意和成功，当今世上谁人可比？

乔布斯的影响力在于开创了一个全新的领域，是独一无二的。世界上数以千万计的人在读书求学，但为什么只有少数的人才出类拔萃，而且都是欧美人士呢？李政道80年代到澳门演讲，他谈到东西方教育时提到，论小学、中学阶段，美国人怎样也比不上亚裔学生的，但一到大学就明显看到美国人的创造性了，主要是许多美国人上大学是凭兴趣选科的，但亚裔学生则相反，往往抱着父母的期望来学习，又或者将功利放在第一位、兴趣排第二，这种心态使得思想不敢放肆，更遑论花时间去思考一些"无谓"的东西了。的确，我们在成长和学习过程中，许多时候不知不觉地成为别人的影子，变成因循守旧。谁都主张读书学习，但没有几个人能从别人的潜在影响下脱身的，特别是那些圣人或者哲者，我们学习他们的待人处世方法，哲人认为那些值得歌哭的，我们便认定那是值得歌哭。遵守因循，站在别人的光影之下是最安全的，但也是最少创见的。

读书应该有一种功能，就是激发你的想像，而不是让你一成不变地接受，所以要活跃自己的思维，在无限多的空间里将东西重新组合，进行创造。雕塑家罗丹，他的《思想者》《吻》等著名作品，就是在他读了但丁的《神曲》有感而发的。几百年来读《神曲》的人何止千万，但只有罗丹读的时候，看到处于地狱之门那些品格和长相各异的灵魂，于是用雕刀把他们刻画出来，成了今天的伟大作品。电和电话早就有了，只有比尔·盖茨看到它们的内在联系，创造了网络的世界。重视创造，这才是人类社会不断进步和丰富的原因。

# 团年饭

团年饭虽然是岁晚的必备节目，但如果家族较繁盛的，相信已经没有多少人会在家里弄了。现在的家居袖珍，能够容得下可坐十多人餐桌的，一是古老大屋，一是超级豪宅。况且现在买餸不便宜，加之主人弄了半天才可以就位食饭，客人散去，又要再花半天来清洁，在家食团年饭并不划算。所谓"辛苦挣来自在食"，许多年前我已移师到菜馆食团年饭了。今年依样画葫芦，食得是福，点菜时只有鲜虾缺货，侍应指年近岁晚，渔档生意兴隆赶不及送货，兄弟也说不必一定食虾，我也不好争辩了。只是团年饭那味虾，我已食了四十多年，一下子没有了，总觉得欠缺了一点什么。

我少年时，每年这个时候，在香港工作的三哥，经常西装笔挺地过海来，母亲见孩子们回到身边，当然是十分高兴，她知道哥哥喜欢吃虾，所以饭桌上必定有一味虾。那年代，租房住，窄窄的一间旧楼，住了两户人家，每户一间房，房内只容得下铁床和一张小餐桌，当然没有冰箱，所以每天都得到街市买餸。有一年三哥除夕回来，下环街市的鱼档全收工了，母亲便着我骑单车到红街市去搜罗，宣称团年饭餐桌上一定要有虾。天寒地冻骑着单车到红街市，我自然老大不愿意，但结果还是完成了任务，买了虾回来。母亲最欣赏三哥健壮的体格，不止一次告诉我们，三哥在农村时是潜水和摸虾高手，夏天，经常腰间挂一小鱼篓，不出两个小时，就会从村前的小河溪里摸几十只虾回来。说时母亲常常会笑眯眯地拍拍三哥结实的肩膀，证实所言非假。对于这种夸耀，三哥只以微笑响应。

今年的团年饭，子侄辈成了满桌佳肴的主角，他们谈海外所见所闻，谈乔布斯，谈工作的喜悲和人事纠纷，那几瓶啤酒更助他们的谈兴，孩子们的确长大了。面对他们的青春笑脸，我却有一种说不出的悲凉，因为三哥早年已经去世，永远也不会再踏足澳门了。而团年饭必定要买虾的老母亲虽然还健在，但已衰老到忘掉了晨昏、叫不出任何一个儿女的名字。

# 青山妩媚

年初七到香港，算是新春唯一的外游节目，没有什么特定目标，到太平山顶，刚巧碰上凌霄阁前舞龙舞狮，锣鼓声一响便把商场里面的中外游客引出来了，把龙狮围得水泄不通，春节的气氛陡然增高，而游客中大多数都是说普通话的，想不到已年初七了，香江还是内地游客的天下，看他们手上是大包细袋的货物，做生意的应该笑逐颜开了。到山顶我最喜欢绕山散步，今次也不例外。这条环山小路不知道已走过多少次了，但每到香港，如果时间许可，我总会找机会到那里的，主要是环山小路静中带旺，又不会花太长的时间。第一次到这里大约是上世纪的 60 年代中，几十年来，香港经历了无数的风风雨雨，但不管香港经济如何蓬勃，土地如何寸土尺金，向下俯望，那靠着山体的稠密树林，却依样丝毫未受损害，只是郁郁葱葱的林木与石屎森林挨得那样近，仿似你中有我、我中有你，成了香江一个奇特的布局。

山貌未变，也从来没有人要砍掉杂树再育林，山路几十年来亦变化不大，只是近维港那边多筑了几处小眺望台，让游人俯瞰美丽的维多利亚港，体验王羲之"俯察品类之盛，所以游目骋怀，足以极视听之娱"的境界。

我到太平山有两次是最辛苦的，一次是随朋友从中环的小山路走上山，山虽不高，只有五百多米，但够陡峭，左曲右弯地往上走，初春时节也走到浑身湿透。另外一次是参加水塘杯长跑赛，起点是香港仔水塘，起步枪声一响，几百人便从水塘直跑到山顶，未到半途，大多数人都由跑变步行了，我还好，以蜗牛般的速度跑到顶，绕山一圈再回水塘，只是跑毕全程脱鞋一看，两只脚趾公全肿了，整个星期也要穿拖鞋返工，而脚指甲最后坏死脱落。

稼轩有两句充满豪气的词："我见青山多妩媚，料青山见我应如是。"说说而已，与山川相比，人生短暂得简直如白驹过隙。三十多年前，我可以从山下一路不停地跑到这里，现在青山依然妩媚，只是当年精力旺盛的我，如今途中一见有椅子便争着要坐下来休息了。

# 沧海桑田

　　与香港来的朋友在皇朝"澳门兰桂坊"喝啤酒，马路上车来车往，忽然我脱口说道：我小时候经常在这个地方游泳，朋友拿着啤酒，眼神显得有点怀疑，因为这里现时车水马龙、周遭大厦林立，以前这里可以游泳？他怀疑得合理，而我自己也被这句话触起了久远的回忆。皇朝区是近二十年才发展起来的，就在我们举杯痛饮的地方，原本是一条用大理石筑成的堤坝，坝上向葡京的方向有一个简单的罾棚，棚主是我朋友的父亲，因为这里远离岸边几百米，算是海中心了。罾棚放下丁方二三十米的大渔网，不用任何鱼饵，一俟大鱼经过，把网扯起，往往会逮住游经的大鱼。

　　不过，在平静的水面上观察到大鱼经过则要靠经验，有时候看他们罾鱼，大家东拉西扯闲谈，可是往往在全无预兆之下，忽然见他们快速奔向辘架升网，水面上顿时引起一阵骚动，鱼群发觉被困，在网升离水面的一刹那最壮观，粗壮的大鱼作最后一搏，就算渔网升离水面，这些水中健儿也可以如箭一般飞跃而去，生与死是半秒之间的事，但当网升离水面两三尺时，大局已定，来不及逃跑的便顺着微黄的网滚向中央，乱蹦乱跳，鱼鳞在阳光下闪动着银光。这时候，棚主不慌不忙地拿着系着小网的长竹，面带笑容，踏着小跳板，像玩杂技般地去收鱼获了。不过，这个罾棚不是每天都开档的，夏天我到棚附近钓鱼，钓到发闷时，往往会跳进海水里畅游，但不敢游得太远，因为水流湍急，消消暑气而已，然后躺在罾棚底下听海浪拍岸，望着深绿的松山和葡京赌场。四十多年后，现在也是在同一个地方，只是沧海桑田，这里早已是著名的夜店区了，附近更是多间大型娱乐场的所在地。

澳门回归后最大的动作便是开放赌权，资金涌来，使得这个小城变成一个国际知名的都会，大量游客，酒店每逢假期入住率达九成。不说赌收，单是零售业去年便有四百多亿。澳门在别人的眼中是个什么模样不打紧，最重要的是"有朋自远方来"，肯在这里吃喝玩乐消费，那么澳门便百业兴旺，人人有工开的了。

# 驽马与千里马

傍晚收工水坑尾塞车，前面有五部黄绿巴士靠站，谁也不能爬头，只能慢慢向前移，刚好前面是辆价值不菲的保时捷，看它流线型的车身，簇新的气喉轻吼，吐出一阵白烟，就像一匹矫健的骏马，奋力以蹄踏地，引颈嘶鸣，一旦前无障碍，就会迅猛向前飞奔。而我那部座驾，已是十六年车龄了，年年验车，五痨七伤。如果不是塞车，与前面那部跑车同放在起步线，相信它跑到广州，我还在石岐附近喘气呢。只是如今驽马和千里马同样困在水坑尾，除非会飞，否则大家都只能逐尺逐尺地向前爬。

韩愈的"世有伯乐，然后有千里马"名句，早已深入民心，因为有些读书人，一点社会阅历也没有，许多时候却信心爆棚，总以为自己是匹千里马，只是没有遇到识货之人而已，一旦遇上，便可以飞黄腾达直上云霄了。不过，综观历史，像这样从草根阶层突然被委以重任而又做得十分出色的，几乎不多见。宋、明、清等皇朝，当然是考科举，你能在万千的读书人之中突围而出，考个进士或举人，才有机会进入仕途，否则免问。春秋战国时虽然不用考科举，但君王也不会无端端地提拔一个普通人的，进行面试是最直接的方式，最著名的就是秦孝公下招贤书，商鞅从魏到秦，孝公亲自进行了三场面试，直到商鞅用强国之道说服孝公。才有机会先当地方小官，用自己的理论把地方管好了，才一步一步加大管理的范围，最后才成为权倾天下的重臣。

　　韩愈的老祖宗韩非子谈到伯乐，指这个天下闻名的相马大师，他教学生相马的方式令朋友不解，伯乐告诉老友说：他把相普通马的技术教给至爱亲朋，却把相千里马的技术教给讨厌的人，原因很简单，因为普通马易找，买卖两忙，挣两餐绝对没有问题。千里马虽然好，但十分难找，一年也做不到一单生意，教给讨厌的人就是要他挨穷！换个角度看，世上千里马固然少，那么伯乐哪会多？我们立身处世，还是自求多福好，通过努力拼搏，打出自己的一番天地，不要把希望寄托在虚幻的伯乐身上。

# 西安行

## 桥山黄帝陵

西安和咸阳两市，是秦、汉、唐等十多个皇朝的旧都，摊开地图，遍布帝王和历史名人的墓地，最为人熟悉的当然是秦始皇陵以及秦兵马俑，而始皇的先祖秦穆公，这个死时要手下三个大将同赴黄泉的君王墓也在咸阳市内。我们是炎黄子孙，而炎黄两帝距今五千年，算是最古老的陵园了。在西安往西走百多公里是炎帝陵，往北走差不多的距离就到桥山，轩辕黄帝就葬在那里。清明前夕，山下的黄帝庙广场已布置妥当，一到清明节，世界各地的炎黄子孙云集，以庄严的仪式来致祭远祖，慎终追远，这类大型的追思活动，凝聚着民族的向心力。

驱车到桥山脚下，要登三百石级才到黄帝陵，不过路很好走，在粗壮、青翠的柏树林遮蔽下，一条由大理石铺砌的小径就显得特别干净明亮了。园区导赏员边走边介绍道："大家看看这些柏树吧，整个陵园区共有八万多棵柏树，大多数都是过百年的，而超过一千年的也有千多棵，历朝皇帝都重视园区的保护，曾经有皇帝把这里的县官由七品提升为五品，并赋予权力对破坏陵园的人可以先斩后奏。因为重视，所以这片林区保护得很好。"沿着石级往上走，到一碑前停下休息，这块约五尺高的石碑写着："文武官员至此下马"，这就是著名的下马碑了，过了这里很快便到黄帝陵。与秦皇陵、明皇陵等比较，这里显得十分简陋，在参天老柏树的掩盖下，一个四面通风的小亭，亭前立着一大型的香炉，"黄帝陵"三个大字的石碑就在亭中央，碑后便是轩辕黄帝墓了。为表敬意，鞠躬后便绕着帝陵走一圈，墓的土阜约两人高，杂草丛生。"人文初祖"的陵墓虽然并不豪华，但周遭却有一股摄人心魄的气势，想到这位民族的始祖，静静地躺在这抔黄土下已五千多年，山下奔流不息的黄河和那片黄土地，上演过多少慷慨悲壮的故事？鲁迅年轻时在日本写下"寄意寒星荃不察，我以我血荐轩辕"的诗句以表心志。墓中人是中华民族的象征，现在千里迢迢来到轩辕的墓前，虽然没有一句祷词，但心底却涌动着一股难以言明的敬意。

## 只有国富才会兵强

秦始皇的兵马俑发掘工作似乎十分缓慢，那几列方阵与十年前没有多大的改变，最引人注目的是一尊跪射彩俑，俑背的盔甲底部那一抹赭红特别耀眼，秦俑原本是有色彩的，只是一出土色彩便氧化了。现在经中、德两国专家十多年的研究，技术上已可以保证兵马俑"原汁原味"了。参观者熙熙攘攘，但我望着那几列静静地矗立着的兵马，想起为何只有秦才能"履至尊而制六合，执敲扑而鞭笞天下"呢？《三国演义》开头几句："话说天下大势，分久必合，合久必分"，这句话只对了一半，因为历史的总趋势是由分散到集中的，今天的欧洲可见一斑，先在经济上统一行动，发行欧元，再在政治上进行整合，成立欧洲议会。建立统一的欧洲，目的就是以强大的实力与各国讨价还价。

只是中国由分散到一统，不是通过谈判磨合，而是诉诸战争。周武王伐纣，参与结盟的诸侯便有八百多个，可是经过二百多年的混战，到战国时便剩下五十多国了，再经过二百五十年的大吃小过程，最后归为战国七雄，秦王鲸吞六国，被批评得体无完肤，其实在战国时代，每个诸侯都有吞并别国的野心，只是看实力而已。魏与秦本以河为界的，魏文侯在李悝的帮助下大力发展生产，国力日益强盛，便渡河攻占黄河以西本属秦国的大批土地，那是公元前433年左右的事，秦孝公没有办法，唯有一路退让。这就是秦孝公在《求贤诏》里提到的"三晋攻夺我先君河西地，诸侯卑秦，丑莫大焉"的那段屈辱。秦为何会变弱？主要是穷。

历史学家汤恩比曾经指出，组织庞大的帝国，最后都会因为管理费用太大而被累垮。到秦孝公时，国力已今非昔比，秦要成为强国，最重要的是要把经济搞上去，商鞅入秦，首要任务便是开源节流，皇亲国戚如果没有为国家作出贡献就褫夺爵禄。男丁一到合法年龄便要分户，不可以靠家养，税基于是大为扩阔。谁多生产粮食可以免除赋役，少生产便受重罚，实行这种奖勤罚懒的措施，几年之后，秦便成了富国，而且延伸了几代。有了钱什么事都好办，任何年代，哪有一个国家国富民足而军力蹩脚的？这是千古不易的真理。

# 故乡的春雷

出席宴会，我的座位靠近窗，忽然一阵暴雨拍打窗户，还夹杂着电闪雷鸣，街上的行人大多都站在道旁避雨，只有几位年轻人狼狈地冒雨赶路。初春时节，响雷是非常正常的，只是这几起隆隆的雷鸣却使我记起幼年的往事。

我年幼时在农村生活，有两样东西是十分认真执行的：一是在野外撒尿，口中必定会喃喃自语："太公太婆，借过、借过。"因为从小祖母便教训道："山野地方不知哪处埋葬过先人，你要撒尿时先要请他们让开，否则把尿淋在他们的头上，晚上便会找你了。"第二便是吃饭时一定不敢把饭粒掉在地上。祖母说谁浪费米粮，雷公会找他算账的，并且指雷公平常就蹲远处的瓦背上监视。何谓浪费？吃饭时把饭粒留在碗里，有饭粒掉在地上也算入浪费，这个故事我们深信不疑，加上邻村偶然有人被雷劈死的传闻，更使故事的可信性大增。掉饭粒涉及生死，所以，我们吃饭时都十分小心，以免被雷公记录在案。

虽然雷公掌控生杀大权，但只要吃饭小心便安全了，我还是渴望第一道春雷早点到的，因为春雷响过后，很快便会听到此起彼落的蛙鸣了，不出十来天，庭前的菜地就会有许多小蛙在蹦跳，上学的途中也经常遇到这些小家伙横过小路。再过不久，拿着小钓竿，鱼丝缚着蜻蜓、蚯蚓之类的小昆虫，在田边、小溪旁的草丛中上下摇动，躲藏着的蛙儿便迫不及待地把饵吞进肚里了，你把它拉起来放进小布袋里，它还舍不得把饵吐出来呢。草丛中躲着的不全是田鸡，还有油蛙、癞蛤蟆等几种，除了癞蛤蟆外，所有的蛙都是饭桌上的佳肴，只是在草丛钓蛙偶然也会遇到风险的，就是蛇也会来凑热闹。

春天一到，天气很快便变得暖和，开始有人放风筝了，起初是那么几只在晚空中飘浮，渐渐便多起来了，只是天上的风筝并不含诗意，全是战斗风格的，只要你升起风筝，突然便会有别处的风筝横空而来，目的是把你的线弄断，应付别人进攻或者自己去攻击别人，要获胜全靠一条涂上玻璃粉的毛线，这就是村童们最重要的工作。现在的故乡，还有风筝吗？

# "执子之手，与子偕老"

早上我喜欢在阿婆井的榕树下流连，这里茂密的榕树除可以遮阴，让自己伸展筋骨外，还有鸟鸣不断，十足一个无遮挡的大鸟笼。这里附近高楼大厦不多，大树越出屋顶形成的一片绿障，吸引到很多的鸟儿到这里高歌，树上有没有鸟巢不知道，但每天早上五时左右鸟儿们便开始唱个不停了。而榕树脚下的活动空间也是别处少见的，有人耍太极，有人做体操，一片悠闲。经过树脚的，除了从下环街市买餸回来满头冒汗的街坊外，便是东张西望、四处找寻世遗景点的游客了。释家有云："浮屠不三宿桑下。"意思是怕和尚在树下住了几天便会对旧物生情。连六根清净的僧人也怕在一个地方待得太久而动情，而我在这里却住了三十多年，感慨多便很自然了。三十年发生过多少事？其实也很简单：结婚、孩子出生，在榕树脚下带着孩子打球，孩子长大，然后又各自远飞。

下环是老区，特别是妈阁街一带更因交通隔涉，青年人搬进来的不多，所见的都是老街坊，只是近几年经常遇见的一对老夫妇，最近却没有再出现了，说是老夫妇，实在是十分老迈的，早上十时左右出门常会遇到他们，他俩大概是吃完东西，沿着阿婆井那条窄窄的行人路走回家。男女都穿得很整齐，男穿布纽唐装，右手撑着拐杖，年纪起码八十多，而穿黑衫的阿婆年纪也相若，她右手紧扣着丈夫的手臂，那种互相扶持的亲密感不下于年轻人，但走得相当慢，每一步几乎只有几寸。每当遇到他们，我除了赶紧让开那条窄窄的行人路外，还会不自觉地停下来观望，心中有一种难以言明的感觉，因为他们走完这条平路，还要转上去那条颇陡的斜路，而路的尽头只有两间锌铁屋，相信他俩就住在那里。一把年纪除了住得差外，每天还要拖着老迈的身躯到街上找食物，身旁却从来没有年轻人出现过，是没有儿女还是什么？心里既敬佩他们对婚姻的忠诚，实践了"执子之手，与子偕老"的誓言。但也感慨良多，他俩谁先离去，对另一个相信也是一个沉重的打击，人生走到这个地步，大概也算是晚景凄凉了。

# 澳门体坛二三事

当朋友告诉我夏刚治先生去世的消息时，心里觉得有点突然，因为夏先生在我的心目中是个十分热爱运动的人，健康应该不会有问题的，但回心一想，他起码比我年长十年，这样算来，年纪也有相当了。去年是澳门马拉松举办三十周年，三十年前，由熊猫体育会和雅典体育会合办第一届澳门国际马拉松，但找赞助商以及一些具体事务，夏先生都全情投入，连那条四十二公里的赛道，也是他和我推着一个计距器一步一步地量度出来的。澳门成功举办首届马拉松，夏先生功不可没。

1980 年是澳门长跑圈子变化最大的一年，4 月初全澳环市赛我得冠军，但 10 月路环至澳门的三岛长跑赛夏刚治则力压所有的选手第一个回终点，而 12 月的熊猫环市赛和除夕长跑赛由李汉华包办，而且他一赢便十多年，成了跑坛的常青树。但只有夏刚治那个冠军杯是我最佩服的，一个重要的原因是他年纪比我们大，而且是半路出家的，只是凭着长期不懈的努力才压倒我们这群年轻人。他出现在跑道的时间约在 1975 年，一天我在松山看见一个三十多岁的胖子，挺着一个如篮球般大的肚子艰难地在缓跑，后来他告诉我："医生对我说，你如果不去做运动，你就不要再找我了，你的脂肪已顶到心脏，生神仙也救不了你！"一个为生存而练跑的胖子，想不到短短几年间便追过澳门所有的长跑好手，这需要多大的毅力！当然在减肥过程中他采用的科学方法也值得我们借鉴的，就是坚持计算每天吸入的卡路里不能多于消耗的，而且严格执行，所以非常稳定地减轻了体重。

1980 年他经过选拔赛获选代表澳门到里斯本比赛，他非常高兴，每天下午五时便放下公司的繁忙业务赶来参与集训，而且热情地邀请大家在比赛完毕后到他故乡做客，并告诉我们，他的农场就在著名的比萨斜塔附近，可惜最后一刻，不知何故，里斯本临时取消了该项赛事，自然我们登比萨斜塔的机会便泡汤了，我们失望，相信年过四十的夏刚治则更失望。

# 洗

广东话把一个"洗"字活用得出神入化,"洗(使)大左","洗袋"(意思是赌钱输精光),最绝核的是诅咒人:"洗净个'八月十五'等坐监啦。"这些俗话相信只有广东人才听得懂的。

现在世界上已没有多少的殖民地了,但上一世纪殖民地遍地开花,远的不说,就亚洲而言,印度英占,越南法占,高丽日占。好端端的一片国土为何被人占了?当然是自己贫弱,实力较人差就会挨打,这是最自然不过的事,等于一个骨瘦如柴的学生,在学校里常常是被欺负的对象。占了你的一个地方,谁会天真地认为殖民者是为你的幸福而来的?殖民者当然希望殖民地的人民永远归服,但要做功夫,一个重要步骤是洗掉你固有的文化。清朝战败割让台湾,日本消灭台湾本土的抵抗力量后,便强行推销日本文化了,连神也要拜日本的神,如果日本不是太贪,发动全面侵华又被中国打败,台湾被殖民十代八代,当本土文化被洗得一干二净时,就算你派大军收回,相信要人民重新认祖认宗并不容易,今日的冲绳人会认自己是琉球人而不是日本人吗?

洗掉你对祖宗文化的认同,最重要便是从教育入手。台湾散文家林鼎钧介绍自己年幼时,故乡被日军占领,父亲为他找学校,亲自到日伪政权所办的学校观察,得出的结论是:"这座学校大体还是正常,不过每天早晨做朝会的时候,全体师生要向东方迎着太阳行三鞠躬礼，表示对日本天皇的崇敬，如果在天皇生日那一天，全体师生还得欢呼万岁。"这是他父亲绝不能接受的，生怕儿子被荼毒，以后不再认自己是中国人，最后宁愿让儿子跟一个老儒生学习四书五经。

殖民者掌握了政权之后，洗掉或弱化被殖民者的文化是一贯的做法，一方面以国家机器强制执行，但还有软的一手，就是订立许多优厚的条件吸引年轻人学习宗主国的文化。当然，能够有力量占领你的国土，相信无论是经济还是文化都会较你更为优胜的。如是者经过长期的潜移默化，便会出现"乐不思蜀"的现象。这种殖民杀伤力最大，但也最无可奈何。

# 人口膨胀是根本问题

香港要将农田发展成新市镇，以解决住的问题，咨询会上支持与反对者初则口角继而几乎动武，吵得不可开交，孰是孰非，不容易下判断。一个从市区来的女士接受访问时说："没有地方起楼，楼价就会居高不下，我们没法上楼，要继续住劏房，住笼屋，所以我是支持政府发展新市镇的。"这种观点相信也是政府要发展新市镇的核心理据。

不知道是否太现实，我对于陶渊明的《桃花源记》的理想世界，一直抱着怀疑的态度，因为觉得这个世外桃源人口是固态的，村人告诉误入的外人，说族人是避秦乱才躲到这里的，由秦到南北朝，其他不说，中间便隔了西汉、东汉，西晋、东晋共五百多年，但村中依然保持着日出而作日落而息的生活，一派恬静。从村民各自邀请闯入者回家杀鸡宰羊款待来看，证明村民收入不错。中国传统是喜欢百子千孙的，宋朝人口只有二千五百多万，宋距今约一千年，中国人口已达十三亿了，是宋的五十二倍，中间还经过数场死人无数的改朝换代战争，依此推论，桃花源经过五百多年，人口便应增加二十六倍，但陶渊明笔下的桃花源，却完全看不到有人口压力。

人口不断膨胀是一切问题的源头，衣、食、住、行都要想办法解决，这个责任归社会管理者，但社会各个阶层都有不同的诉求，老人家希望所有的医疗费有人埋单，而且养老金不断提高，青年人要求免费教育，打工时要有份好收入的工作，但社会福利的钱从哪里来？澳门还好，借着豪赌客的进贡，库房收入稳定，可以有钱派。希腊人不够五十便可退休，每天只工作半天，这当然十分理想，但谁来埋单？环顾世界，但凡高福利的社会，必定是高税率的。我到澳洲探亲，亲戚的邻居是一个五口之家，男主人整天在家，周六便从车库里拖出小游艇出海扬帆了，亲戚告诉我，这个男户主从来不用工作的，因为他有四个孩子，政府的补助已足够一家生活了。去年，澳洲放松了亚洲移民政策，大概是看准了亚洲人勤劳的性格，有人肯打工才会有税可抽。

# 那个小邮筒

早上经过下环圣玛沙利罗学校，四面八方的家长带着小朋友上学，人龙汇集到门口，小家伙一旦入了校门，家长们便功德圆满了，喝咖啡的喝咖啡，买餸的买餸，一刻也不停留。而我的眼光却停留在街角的红色邮筒上，邮筒用一根粗铁通撑着，小铁箱像个小亭，但较之以前的旧邮筒起码小了三分之二。这也合理，现在年轻人握着手机，手指随随便便可以在任何场合，把自己看到的、想到的都告诉亲友，摊开信纸挥笔疾书，再让邮差送到亲友的手上，这类旷日持久的沟通方式，完全不合现代人的胃口。"一纸乡书来万里。问我何年，真个成归计"的古典情怀，早已成为绝响。家书在现代科技的排挤下，已沦为可有可无的东西了。邮筒由大变小，正反映了这个趋势。

望着这个小邮筒，我可说感触良多，五十年前，我随祖母移居澳门，祖母不会乘汽车，在关闸乘三轮车到这里，母亲扶着祖母到山坡上的木屋，我则挨着圆圆的邮筒坐着，负责看管携来的一点杂物，至今我也不明白，杂物之中为何有一张大棉被。下环区我一住多年，这个邮筒就成了我经常投邮的地方。这里的行人道几十年来铺了又拆、拆了再铺，但邮筒却几乎都是在相同的地方，大概以后也会立在那里等待有心人光顾的。

下环是老区，也多老居民。你看沙井天巷那排旧屋，与我五十年前所见的一模一样，所以，站在那里便很自然地勾起那些久远的记忆，记起替教我做神香的师傅一日赶买三场白鸽票的匆忙，记起他叼着烟、眯着眼，扬扬自得地说"人无横财不富，马无夜草不肥"的神态。记起晚上与小邻居躲在床上听鬼古的趣事。还有妈阁庙前地天后诞的神功戏，每年准时地重复做同一件事，经过，见工友搭棚，便打从心底里叹道：这么快又一年了。其实澳门的可爱正是新旧混杂、中外并存和民风淳朴而形成的澳门风格，只是近年发展迅速，旧建筑还可通过法例保留一些，但在商业社会急功近利的熏陶下，淳朴的民风还可以延续多久呢？

# 眼镜

现在我身边经常带着三副眼镜；因为眼泪水不足，遇到猛烈阳光，没有太阳镜周身不妥。第二副是走路用的，第三副是老花镜，这三副眼镜，除了太阳镜天阴时可放在一边外，其他两副一刻也不能离身的，读报睇书须戴老花镜，看电视时则要换上远视镜，无论任何场合，换镜频频乃是规定动作。

这个话题是我读了唐诗"昔日戏言身后事，今朝都到眼前来"而引起的，因为我第一次戴眼镜纯粹是扮嘢而已。上世纪的 80 年代中，我本来是干油漆工作的，忽然被调为仓库管理员，虽然用脑的机会不多，但自己觉得既是在干文职工作，便应似个文职人员的模样，于是便买两块玻璃戴上了。当时上司见我鼻梁架了眼镜便问道："公荣，你有近视吗？"我不置可否地点了点头。其实，当时我的眼睛一点障碍也没有，我喜爱运动，一到运动场，眼镜便抛到一旁了，戴眼镜纯粹是扮斯文而已。时至今日，老花镜一刻也不能离身，否则两尺外便模糊一片。广府话"折堕"一词大概是骂我这类无知行为吧？

不过，别小看造成眼镜这两块凹凸玻璃片，科学和文化都与它有关，有它和没有它这个世界完全不同样的。那晚饮了几杯啤酒，朋友说道："你知道吗？中国人喜欢书法，字写得越大越苍劲越受欢迎，其实这些艺术，起初是为了实用的，因为在没有眼镜的年代，如遇到头脑清醒但视力衰退的老皇帝，你用蝇头小楷写奏章，那些老至尊不认为你在玩嘢才怪呢，所以，把字写得大大的，起码不会惹老皇帝讨厌。"朋友虽是酒后胡说，不可尽信，但亦有这种可能。

这些玻璃片，小的作用固然是造成眼镜帮助我们看清事物，老了也不用如盲头乌蝇周围撞，依然可以读书写字，到处活动、运动。而玻璃片增厚造成的显微镜，肉眼看不到的微生物、细菌之类无所遁形，为治病提供了有力的工具，今天人类寿命不断延长，玻璃镜片应记一功。在科学上则更加重要，由镜片造成望远镜，观察到宇宙的浩瀚无边，证明地球是圆的，使得人类摆脱了愚昧。认真推敲，小小的玻璃镜片，对于人类的文明进步厥功至伟。

# 我爱隐于市的生活

青海的祁连县，那里有像瑞士一般的美景，所以游客络绎不绝。但由西宁到祁连县城要四个多小时的车程，路上是望之不尽的草原，如果见惯石屎森林的城市人，突然接触到那一片青绿以及散落在绿毡上的牛羊，那种自然、悠闲以及与世无争，的确令人耳目一新。同车的友人除惊叹外，都忙着挤到窗前拍照，身旁的他由衷地说："这里空气清新，远离尘嚣，等我退休后，我一定要到这里住一段时间，日间放羊，晚上看满天星斗，享受人间的至乐。"对于他的抱负我不置可否，人各有志，只要经济没有问题都可以圆自己的梦。不过，我则不大欣赏了。想到在草原，当一天工作完毕后，把牛羊赶进栏里，漫漫长夜如何打发？总不能每晚都望星星吧？像港澳那样的社会，虽然忙，好像有办不完的事，永远有追求，但胜在场景不断改变，一忽儿是金融海啸，一忽儿是世界杯，一忽儿新手机面世，层出不穷的各种冲突，使人没有一刻安宁，但社会也变得多彩多姿了。如果必须选择，我倒钟情在闹市中过"大隐隐于市"的生活，因为无论在竞争中是胜是败，起码见证和接触到人类的最新潮流。

这些看似悠闲的草原生活，历史上曾产生强大的帝国，中国的蒙古帝国，除横扫华夏大地外，还曾远征到欧洲奥地利等地，灭国四十，帝国也是发轫于大草原的。而另一支沙漠游牧民族，阿拉伯铁骑也曾践踏过像西班牙等欧洲国家。凭借武力征服别人，结果在辉煌过后便陷入了万劫不复的境地。马上得天下，又想马上治天下的，大概都是不能长久的。游牧文明比起工业文明有一个巨大的落差，今天，人们可以保留自己的游牧方式，日出放羊，日落住在帐篷里，那种生活，个人绝对可以选择，但一个国家，特别是像中国这样大的国家，当然要尊重草原民族的生活方式，让他们继续过"天苍苍，野茫茫，风吹草低见牛羊"的生活，但最重要的是要把国家发展成工业强国，因为面临着外来的巨大的挑战，没有相应的工业和科技力量，在竞争中就永远没法抬起头来。

# 人才哪里找？

澳门现在已是一个知名的娱乐城了，可以进入现代化都市的行列，管理现代化都市需要人才，问题是人才应该从哪里找。历史上找人才不外乎两种形式，一是从外招聘，二是自己培养，孰优孰劣，没有一个固定方式，但两种方式都能取得成功的。

唐诗云：前不见古人，后不见来者。念天地之悠悠，独怆然而涕下。陈子昂发出那样大的感慨，因为自己不受重用，而幽州台正是战国时燕昭王在那里发出招募天下贤才的地方，他的诚意打动了乐毅从赵国来奔，结果带领燕军攻下强齐七十多座城池，为他报了仇。这种重用天下贤士的做法，羡煞后世的读书人，也是古代外聘人才的一个典范。

楚汉相争，最终汉胜楚败，其中两个重臣：萧何和樊哙，从沛县起便追随刘邦，也是厥功至伟的两个，刘邦平定天下论功行赏，把萧何排在第一位，有攻城略地的大将不服，刘邦指出，无论自己战胜战败，萧何当后勤部长，一定及时为他补充兵源和军粮，所以汉兵可以屡败屡战，直至夺取天下。刘邦不少文臣武将，都是他在沛县时期的沙煲兄弟，萧何在沛县时是个文职小吏，而在鸿门宴中助刘邦脱险的樊哙出身屠狗户，但后来都是汉朝开国功臣，从这一点可以证明人才是无处不在的，只要有机会，这些日常看似平庸的人，会逐渐磨炼成才的，因为环境会提供一个让他成长的机会。

海尔集团目前是中国的一个跨国集团，以生产家电饮誉世界，在全球共有八万多员工，去年营业额达一千五百多亿元人民币。1984 年，这间生产冰箱的小厂已欠债百多万元，且濒临破产，上级派科长张瑞敏，即现在集团的董事长来执手尾，小厂在他的领导下杀出一条血路，最发人深省的是：一个职位不高的科长，却把一间负债累累的小厂发展为跨国公司，证明人才就在我们身边。省略过程看结果，澳门回归当日，库房只剩下二十八亿元，但十二年过去了，我们的库房里却留有千多亿元。祖国为澳门提供了巨大的助力是无可置疑的，但把澳门管好且升格为一个知名的现代化都市，不是澳门人是谁人？

# "皇家饭"好吃

澳门政府中央招聘公务人员统一考试终于推行了，这种招聘方式虽尚存争议，但起码有一个机会让大家公开、公平参与。周日早上经过考场附近，不少年轻人已站在学校门口等开闸了，万多位年轻人同日赴考，以我们这个小城而言，应是牵动许多家庭的事了。那么多人争当"公仆"，相信大多数是看重公务员的福利较其他行业为佳，这里所指的福利不一定是金钱，应该还包括其他：每年有二十二个工作日假期，每周上班三十六个钟和设有公积金，生孩子有九十天产假等。在赌场当荷官虽然也可以挣到钱，但假期就望尘莫及了，如果遇到经济环境变差，荷官随时会有被裁的危险，金融海啸时，便出现二份工三个人打的情况，虽然避免了被裁，但大家将就着过紧日子，仅是这点就远远比不上公务员了。

有考生指这类考试有如古代考科举选状元，其实是完全不同的，现代人参加公职考试就算成功，仅仅只是当一个普通的公务员而已，协助部门处理一些庶务工作，距离当官还有相当远的路，但只要当个尽责的公务员，所谓水泥匠造门：过得人过得自己，市民也收货了。古代考科举绝不相同，古代科举，一旦考中进士，成了天子门生，已坐定粒六等做官了。只是官好不好当是因人而异的。俗语有云："有人辞官归故里，有人漏夜赶科场。"说明各有各的选择，赶科场目标明确，就是赶着当官，力求脱贫，中国古代农业社会行业不多，不是当官就是耕田，儒家是轻视从商赚钱的，连大文豪苏轼也有这种心态，他中进士后写给参详官梅尧臣的文章云："方学为对偶声律之文，求斗升之禄。"但辞官归故里情况就较为复杂了，有人可能是挣够钱，回乡享福，有人可能在官场中混得太久了，知道官场的黑暗和风险，一旦埋错堆押错宝，随时会家破人亡的，所以何时归故里就成了知进退的代名词。魏晋时的张季鹰，一见刮秋风便说挂着乡下的莼菜鲈鱼，并洒脱地说道："人生贵得适意尔，何能羁宦数千里以要名爵？"说完便卷起包袱走人，不久齐王被废，他因及时归故里避过一劫，更成了知进退的典范。

# 那一日何时到来?

世界末日的预言近日甚嚣尘上,据玛雅历法推算,今年的 12 月 21 日全世界就会"冚家富贵",这种"狼来了"的危言,每隔一段日子便会出现,大家已是见怪不怪了,但一些胆小的,已被危言吓得惶惶不可终日了。几年前,也是说某日是世界末日,韩国一群末日教派的信徒便齐集教主家里等天收,结果依然阳光普照,预言不兑现,教徒们便狠狠地揍了教主一顿。不过,说地球终有一天会玩完又不全是危言耸听,事实上有生必有死,宇宙中所有的星体都会经历由诞生走向灭亡的历程,地球也不会例外。专家指出,按目前地心熔岩渐渐变冷的速度计算,大约再过四百万年熔岩便会冷却,地球没有了热量会变成怎样没有人知道,但地面肯定会冰冷得多,届时生物能否存在就成疑问了。只是那一日是 M 年后的事,还有许多代人可以拿着酒杯高唱"对酒当歌,人生几何"。

不过,地球上的物种死精光却是曾经发生过的事。统治地球几千万年的恐龙短时间消失一直是个谜,有说是宇宙间有星体毁灭前产生的宇宙光横扫地球,引致恐龙死亡,现在卫星从太空拍摄,发现墨西哥那组环形大山脉,原本就是一个巨大的陨石坑。按推算,当年这颗大陨石撞击地球时产生的尘埃,在地球上空飘了好几百年,情况就如七年前彗星撞向木星的情况一样。因为阳光没法穿透厚厚的尘埃,地球的植物枯萎了,没有了草就没有了小昆虫,靠小昆虫生存的小动物也随之消失,食物链一断，食素和食肉的恐龙都难逃灭亡的命运。恐龙退出了舞台，地球死寂了数千万年，慢慢再出现简单的生物，又开始了新的演化的历程。至于人类，如果把地球由诞生到现在算作一年，人类是除夕晚最后几分钟才出现的物种。谁是地球的主宰？没人说得准。曾经不可一世的恐龙，正以它们巨大的骨架向我们诉说当日的辉煌。

世界末日有三种可能：一是失惊无神地飞来一颗大陨石，二是熔岩提前冷却，三是爆发核战。目前，仅是美俄手上的核武已足以把地球毁灭三十五次了。

# 十字门的夕阳

黄昏经西湾大桥往氹仔，刚好碰上太阳下山，这幅十字门落日图已多年没见了。澳门欣赏落日的地方不多，我认为秋、冬季节在主教山近三幢公务员大楼背后的马路上观赏最理想。有一次，西湾已围海成湖但还没有通车，西湾大桥则尚未兴建，我正在融和门附近岸边钓鱼，一对外国人夫妇，从圣地亚哥酒店出来直奔海边，兴奋地望着十字门那轮落日谈个不停，大概是在赞赏落日的壮丽吧，我替他俩拍了一个合照。澳门地方不大，但美景处处，特别是中西混合的建筑物，更是中国其他城市没有的，属于只此一家，如果持一种悠闲的心态到水坑尾、疯王堂等处走走，高家大宅、婆仔屋、望德教堂和附近古旧的建筑各具特色，没有一幢是重复的。对于这些特色建筑，本地人多不着意，大概是见惯不怪吧。

澳门原是一个小渔村，虽然开埠四百多年，但发展缓慢，新旧掺杂，对于旧东西，持批评意见的就说是落后，欣赏的就说是纯朴。氹仔威尼斯酒店的地段，以前，我曾多次把车泊在连贯公路旁，欣赏捕捉花鱼的村民在泥滩上一脚踏在小木板上，一脚发力往后撑，木板就像在雪上滑行一样来回飞驰，这样的景致现在当然消失了。现在吵得很烈的龙环葡韵湿地，五十年前，那里还是海边，水退时我与朋友踏着泥巴捉小鱼虾。那时候浅滩里只长着几棵疏落的小树，不经意间，到80年代却成几平方公里的红树林，万鸟归巢成了一个奇景。又过了一段日子，填海造地，红树林枯萎了，最后变成一个大水池。原来的泥滩上，相继建成了威尼斯、银娱和新濠天地等几大博企，云集的不再是飞禽和鱼虾，而是千百万游客，浅滩只可养活几个村民，现在却养活了数以万计的澳门人。东坡在《前赤壁赋》中吟道："盖将自其变者而观之，则天地曾不能以一瞬。"变化是永恒，事实也是如此。我们可以怀旧，但不应太过眷恋，社会要发展，年轻人要工作，饭碗问题绝不能轻视。想想欧洲或可得点启示，希腊神殿依然矗立，但有多少希腊青年人愿意留下？

# 听第一首情歌

澳门真是一个奇怪的地方，要么摩肩接踵，要么可以在街上舞关刀也不会碰到人。新春期间，遍地都是游客，心里掂量，总会有食肆想多赚点钱吧？记挂着关前后街的豆腐面，于是便驾电单车前往了。新马路游人如鲫，店铺则金光闪耀（金饰铺），车声、人声铺陈出一幅太平盛世的娱乐升平图，就连营地大街也是人来人往的，可是一转到关前后街，相距仅仅几十公尺，却像突然由城市跨进了农村，整条关前后街，店铺几乎全关了门，灰色的铁闸与街道的灰白色大理石组成一条冷清的视线，加上车踪杳然，整个环境宁静得有点出乎意料。豆腐面当然吃不成，顺其自然，我在寂静的小街巷里闲逛。

想起来，关前后街、聚龙通津、木桥街和新埗头街等小街道，年轻时却是我经常出没的地方，我同学的父亲是干收卖旧物那一行的，一间破旧的小青砖屋就在聚龙通津附近，门口种着一缸攀藤植物，何时经过都中门大开，好像永远不用关门似的，进门的小厅放着一张木桌，虽然地方仅可容身，在我的心中那里仿似一个藏宝阁，收购回来的东西什么都有：假山盆景，精致的小木箱，石湾公仔和坏了弹弓的气枪等等，千奇百怪，就连电单车也放了一两部在小厅里，考获车牌后，我第一部电单车便是从这儿买的。不过，在这里闲坐，我最深的印象却是听歌，有一次到访，正在播放旧唱片，忽然传来一清脆的女音："十五的月亮升上了……"觉得十分悦耳，拿起封套细看，才知道是《敖包相会》。因为在我开始懂事的年代，正值"文革"闹得最疯狂的时期，"破四旧"不分好丑，把所有珍贵的东西都砸掉了，连对爱情、对美丽的追求都难逃一劫，所以像这样讴歌纯真爱情的歌我从来未听过的。在泛着陈旧味道的小屋中，我接受了第一次的情歌的洗礼，那把姣美的嗓音历久不散，而月下的敖包，也是我神往的。三十五年后，我骑着马儿在草原高处的敖包，大漠野茫茫，敖包上的石头被朔风刮得呼呼作响，而我脑海里却升腾着"十五的月亮升上了……"那首歌。

# 滨海湾的南柯梦

新加坡的圣淘沙岛有几条路可到，最便宜当然是从桥上走过去，要不就乘捷运列车去，但要二十澳门元。如果想见识海岛风光，则莫过于乘坐六十公尺高的缆车了，只是价钱略贵，每程要一百九十澳门元。圣淘沙有一个环球影城，入场费要八百多元，以我这样的年纪肯定不会玩机动游戏，条数不划算，所以只作环岛游。我十多年前曾经到过圣淘沙，当时乘车游览，海边的礁石满布油污，并且发出阵阵异味，大概是受到港口货轮油迹的污染。政府为了改善圣淘沙岛海滩，买来大批的海沙铺砌出五个水清沙白的沙滩，免费开放给游人享用。来时澳门还带点冬意，但这里的气温却已高达三十一摄氏度了，可惜没有携带泳裤，只能赤脚踏踏清澈的海水以了心愿。

到新加坡，当然不能不见识滨海湾金沙娱乐场了，当日新加坡开放赌禁，誓要与澳门争生意，澳门着实担忧了一段日子，生怕分薄了赌收这块大饼。滨海湾金沙 2009 年开业，听说收入不错，但澳门一样年年创新高，证明影响有限。澳门赌台多是百家乐，但这里却有很多赌台赌大小。中国游客不多，这是与澳门最大的分别，两地赌场相同的是：客人和荷官的脸上同样是那样木无表情，凝重得像随时准备作殊死搏斗，气氛同样有压迫感，所以逛了一圈便离开了。

滨海湾金沙广场每晚有喷泉幻灯表演，音乐响起，三组密集的喷泉随乐而起，水幕上坐着一个婴孩，当他爬向中间那个水幕时已是可以站起来的小朋友了，跨到第三个水幕，孩子长大，几个男孩和女孩在奔跑、玩耍，很快他们由小学到大学毕业，接着，这些同时成长的年轻人穿上婚纱步入教堂。镜头一转，他们幸福地抱着婴孩，接着是他们满头白发送儿女上大学。人的一生，竟然在一曲未毕已走完，仿似南柯一梦，突然惊觉，时间飞逝得竟然是那样急促。水幕上男女歌手在引吭高歌，表达了对时光飞逝的感慨。结婚、养育儿女，这样的人生看似平淡，但大家都是这样走过来的，谁可例外？十分钟的演绎，那几组镜头却使我觉得有点悲凉。

# 晚食以当肉

朋友送了一沓《论语》书签给我，一些经典语录："温故而知新""三人行必有我师"等。中国传统文化包括儒释道三家，但影响至深应该是儒。三家之中无论哪一家于我而言只可说略知轮廓而已，只是有时候读历史，看到那些文臣武将，为了实践儒家的理性精神，视粉身碎骨为等闲，那种气节令人肃然起敬。文天祥被俘整年，元兵威迫利诱，他全不为所动，最后吟着"人生自古谁无死，留取丹心照汗青"慷慨就义。

古代士子考取功名必然要学习四书五经，儒家理念可说是启蒙时期便开始濡染了，但不是接受了儒家教育便人人都会变成文天祥的，读书时是一个样子，当手上有权有势时又是另外一回事，害死岳飞的秦桧，他也是北宋进士，儒家经典相信十分娴熟，可是一旦权力在手，便把老祖宗的教训抛诸脑后，一句"莫须有"便把岳飞杀害了。儒臣杀儒将。后世当然可以把他从儒臣行列中剔除出去。

古代士大夫中能够受打击而永不放弃，苏轼是一个，他之所以能够忍受不断加到身上的迫害，主要是除了儒家外，身上还有庄子那股轻视功名的气质。中国古代读书人就算失意也较少自杀，正是因为精神上有退路。庄子的《逍遥游》中尧要让天下给许由，许由曰："鹪鹩巢于深林，不过一枝；偃鼠饮河，不过满腹。归休乎君，予无所用天下为！"庄子那种对待事物的态度，一直影响着读书人。在还没有独尊儒术的时代，士子一直是很有性格的，战国时齐国的颜斶，齐宣王命令他上前，他反而叫齐王上前，他这种不分尊卑的举措立即招来指责，但颜斶说道："我上前叫作趋炎附势，齐王前来见我却是礼贤下士，与其使我慕势，不如使王礼贤下士。"他的一张利嘴驳倒满朝文武，最后齐王要拜他为师，更要赏赐他华服美食，颜斶毫不动容，徐徐答道："晚食以当肉，安步以当车，无罪以当贵，清静贞正以自虞。"说完后便返乡下终老。自从汉武帝"罢黜百家，独尊儒术"后，哪个士大夫敢这样忤逆君王？

# 又到郑家大屋

现在郑家大屋可以说已全幢开放了，花园大树浓荫蔽天，只可惜靠下环街的方向有两幢新楼正在兴建，轰隆隆的嘈杂声影响游人的雅致。一位像是老师的中年人，在窗前对几个年轻人说："这些就是蚝壳窗，光线可以透过薄薄的蚝壳片射到室内，这种窗现在很少人懂造了。"不久前到广东沙湾镇，见一些屋宇用蚝壳砌砖墙，想不到，这些看似没有用的蚝壳还可以磨成薄片做窗框装饰，这种巧妙的手艺真不简单。

二楼宽阔的走廊是近年修好的，靠庭院的窗侧有一排可作卧床用的长台，这种布置以前我从未见过的。因为已是下午四时多，接近展馆关门，游人稀少，坐在那张似卧床的台上，前窗后庭，临窗是一棵高大的桑树，虽经几场大雨，深绿的桑叶间还疏落地挂着鲜红的桑葚，屋老叶新，使人自然地想到生命的周而复始。坐在这里很舒服，可以想象，当年郑观应就是在这里徜徉，思考着国家的命运，写成洋洋洒洒的《盛世危言》。

中国传统文化造就的知识分子，身心几乎都自然地承载着"国家兴亡，匹夫有责"的使命感，眼看着国家沉疴难起，逢战必败，惨被列强蹂躏。如何振兴中华，一直是晚清以来无数志士仁人孜孜不倦的追求。郑观应提倡实业救国，他明白不实行工业化没有可能与列强争雄，但兴办现代工业需要钱和人才，只是兴办工业和教育所费不菲，资金不到位，一切都枉然。我觉得，所谓物先腐而后生虫，清朝已步入王朝的晚期，属整体衰败，这已不是个别有识之士可以挽狂澜于既倒的时候了。社会压抑沉重，已到"万马齐喑究可哀"的景况，面对"野无良贼"的年代，像龚自珍那样关心国家命运的士大夫只有"颓波难挽挽颓心"了，这是封建王朝的必然命运。唐、宋、元、明、清，哪一个朝代最后阶段不是经历经济凋敝—动乱四起—改朝换代这三部曲的？鸦片战争只是加速它的灭亡而已。

郑家大屋较之开馆初期改善了很多，特别是二楼全部开通，踏足其间很容易使人产生思古之情，不去观赏实有走宝之嫌。

# 铁木真的故乡

内蒙古的环境跟几年前不一样了，无论是在呼和浩特、鄂尔多斯或包头市，地产开发这股风早已刮到这个西北省份了，遍地都是已建好和正在建造的高楼。要求朋友安排见识见识大草原，但他说道：现在正是干旱季节，不看也罢，如果带你去参观，看到那一大片焦黄，怕会打破你心目中"天苍苍，野茫茫，风吹草低见牛羊"的美丽印象，如果迟两个月来，那时才是草盛羊肥的季节。我问道：多年前读过一篇报道，说内蒙古大草原上有许多野马和野鹿，现在还有吗？蒙古族朋友说：野马现在没有了，野鹿本来有很多，后来渐渐也没有了，因为我们喜欢猎杀野鹿，内蒙古与俄罗斯、蒙古国接壤边境线长 2.3 万公里，许多地方没设栅栏，野鹿见留在这里有危险便全都"外逃"了。不过，近几年情况有所改善，因为我们认识到保护自然生态的重要，于是想办法把野鹿引回来，冬天，花钱买了大批干草放在空地上，都是一片大草原，野鹿不会分蒙古国、中国的，见到哪里有草料便到哪里吃，越吃越深入，窥准时机，我们便在边境迅速架起栅栏，野鹿回家后，想走也不容易，于是便留在我们这里生活了。政府也做功夫，明令禁止猎杀野鹿，谁杀一只判监五年，经过几年治理，现在野鹿也多起来了。

到鄂尔多斯博物馆参观，古地图"无定河"三个字映入眼帘，忽然记起"可怜无定河边骨，犹是春闺梦里人"这句唐诗来，这里就是古代匈奴的故乡，也是中国历代王朝深感头痛的边患起源地。一直以为逐水草而居的游牧民族，除了牛、羊、马和毡包外，不会有什么文明事物的，但展馆里收藏着许许多多石器时代的石斧、骨针和青铜器时代精美的铜鼎、铜编钟和陶瓷等，文明发展史上一点也不比中原差，这才发觉，我们汉人历来以自己的文化为标准，视那些别有一套道德标准的塞外民族为野蛮，这种唯我独尊的心态绝不可取。幸好，这种争执现在早已烟消云散，也避免了许多矛盾和冲突，无论哪个民族都是中华民族不可或缺的一员。

# 材大难为用？

读杜甫的《古柏行》，最后那一句："志士幽人莫怨嗟，古来材大难为用。"觉得是最能表现儒家知识分子的心态。古代士子十年窗下苦，读了几本四书五经，知道一些朝代的兴衰，便以为是才高八斗、博古通今了，一旦朝廷不赏识起用，便认为是生不逢时，怨气满腔。其实，在杜甫的年代，科举已实行了多年，才高八斗者大可以通过科举考一官半职的，例如名相房玄龄，诗人王维、王昌龄以及韩愈等人都是考取了进士的名衔才踏足官场的，相对于没有科举的时代，平民百姓进身国家官员行列的机会多了许多，科举后来发展成为窒息人才发展的制度，那是后话。春秋战国时期，士子要到官场混，不是投靠名人门下就是用标新立异的行为引起君王的注意，不过不论耍哪类花招，最重要的还是要有点真本事，而那个年代绝少人会埋怨"材大难为用"的。被六国封相的苏秦，到各国推销他的合纵计划，但没有人理会，失败后并不气馁，回家再苦读研究，一年之后重出江湖，这一次他成功游说六国组成抗秦联盟，自己也被多国封为宰相。

魏国有个年轻人投靠楚国宰相的门下，楚相一次饮酒掉了玉璧，大家怀疑是被这个穷小子偷了，狠狠地把他打了一顿然后赶走，他带着满身的伤痕回家问老婆："看看我的舌头还在不在？"他老婆笑道："舌头还在。"他只吐了两个字："足矣！"这个人便是张仪，后来凭着一张嘴巴当了强秦的宰相。只要是真材实料，机会永远存在。

　　现在读书何止十年窗下苦！不算幼儿园，单单小学六年、中学六年加上大学四年，起码要花十六年在窗下，如果再读一个硕士，则要多加两年，但任何一个大学生投身职场，相信绝大多数都不敢说自己属"材大"之类的，因为虽说是专业人士，但距离独当一面还有一段相当长的路，例如医生，医科毕业当然可以悬壶济世，但不经十年八载的磨炼，是绝难成为杏坛圣手的。至于拿个法学士学位，要在法庭上雄辩滔滔为事主辩护，相信要花更长的时间。"材大难为用"？看来现代人更加谦虚和更有自知之明。

# 谦卑的背后

记不起在哪张报章读过这样的话：鸦片战争虽然对中国伤害很大，但也打开了中国的国门，使中国走向世界。意思大约是指鸦片战争虽坏，但也有点贡献。这种歪理其实是很难使人接受的，如果这样的逻辑都成立，那么世界上就没有坏人和坏事了。从杀人放火到抢荷包的坏蛋都可以说，正因为他们存在，扮演坏人的角色，所以警察才有工开，警察有工作就可以养活一家人了，简直就是曲线促进就业。所以"贡献"这个词并不容易说得清楚。日本的右翼议员，成群结队参拜靖国神社，认为供奉在那里的都是为国作出"贡献"的英魂，但对中国人来说，这些战犯是杀我三千万同胞的恶魔。

不要太相信那些冠冕堂皇或谦卑的话，往往是与实际有分别的，春秋战国时，诸侯割据，为招揽人才，见人便自称寡人，寡人即是没有人帮助的人，例如秦孝公为了增强实力，便发招贤帖，征求天下有本领的人到秦国助他成霸业，商鞅献策，帮助秦国发展壮大，成为一级强国，孝公一死，他的儿子惠王上台，这个还在自称寡人的人，便立即把商鞅五马分尸了。

看历史剧，那些太监都是左一句奴才、右一句奴才的，仿佛都变成一个一无是处的废人，这种自贬身价的言辞有个好处，就是使得皇帝老子觉得自己智力超群，是世间最聪明的一个。但不要忘记，这些自称为奴才的人，只是秉承小不忍则乱大谋的原则而已，等到天下遍布自己的门生，又或者军队都掌控在自己的手中时，这个奴才往往一下子便升为主人了。电影《辛亥革命》其中一幕，袁世凯匍匐在地上自称奴才，但却胁逼隆裕太后逊位，隆裕太后只能恨恨地要求眼前五体投地的袁世凯保证清廷遗老遗少的安全。中国封建社会二千多年，权谋运用举世无双，隆裕当然明白其中的利害。历史上不仁不义的人太多了，口称奴才也好，自称寡人也好，只是受制于一时而已，一旦大权在握，反转猪肚便是屎。

# 地球村的危机

现在电视的高清画面真是"冇得弹"，特别是周六、周日的旅游节目，可以在家坐游天下。地球村上的奇风异俗，难得一见的景色，都一一通过这几英尺屏幕呈现眼前。除了景色外，还有物种，像南极、北极，当春天光临，冰原解冻，大批的候鸟、鱼群返出生地繁殖，一时间极地生机勃勃，一点也不像科学家说地球物种正逐步减少。不过，物种减少却是事实，因为人类不断增加，由上世纪初不够二十亿人口，发展到今天的五十多亿，人类大量繁衍，自然会挤压其他物种的生存空间，如何平衡？这需要人类反省和自我约束，否则未来认识生物只有靠看图片了。

地球是颗可爱的星球，但对她构成威胁的有内因和外因，一是美俄所拥有的核弹头足以把地球毁灭三十多次，二是被陨石撞击。最近有一颗直径约六公里的陨石在外层空间飞驰，人们正担心它会否撞击地球时，奥巴马已派人进行研究，看看陨石上有没有黄金以及一些稀有金属，图利正是美国人的一贯作风。但专家研究所得却有点石破天惊，因为他们发现陨石上有很多冰，冰下更藏着水，有水就可能有生命。更指出地球、月球都是由无数的太空陨石碰撞堆迭而成的，陨石上的冰层化成今天的海洋，专家言之凿凿，论据充足，不由你不相信。

只是专家谈到陨石时，用一种近乎无奈的语调说："现在不要说陨石会不会撞击地球，而是什么时候撞向地球，当然越迟越好。"

　　陨石造就了地球，也带来了生命，所谓"成也萧何，败也萧何"，未来地球上的生物也有可能毁在这些地球制造者的手上。恐龙突然在地球消失就是一个好例子。5月在内蒙古博物院看到一窝恐龙蛋化石，排列整齐，证明恐龙妈妈下这窝蛋时，地球还是一片祥和，陨石突然冲下来，撞击产生的烈火把所有的草木烧光，而飞扬的尘埃更把天空遮蔽了几十年，地球经历数亿年所孕育的所有生物都一镬熟了，地球又回到初始状态，那些身形巨大的恐龙骨架和一窝窝石蛋，正告示地球村的危机所在。

# 轻量级的义薄云天

读陶渊明的咏荆轲诗："君子死知己，提剑出燕京。"中国传统中那种侠义心肠由来已久，所谓路见不平，拔刀相助。加之《三国演义》将关云长那种义薄云天的行径加以着力渲染后，更加强化了中国人的那种对义气的向往。最极端就是为朋友两肋插刀，当然，这是义气中的最豪迈的，但相信只有那些落草为寇的沙煲兄弟，才有机会为朋友、为同党两肋插刀。至手停口停的打工仔，肯定没有这个必要，但中国人聪明，转一个方式便可以继续实践"仗义"了。那些街边档或者小型食肆，一到结账，几个朋友经常抢着埋单，出钱请客，本来是受惠者应该鞠躬致谢的，但现在的情况却相反，往往是付钱者推开对方的钱嚷道："喂！收番钱啦，这点机会也不给我，你是不是朋友？"或者说："一餐咖啡咁湿碎也要跟我争，不是那样见外吧？"成功抢到埋单的，钱虽是多付了，但内心激荡的一股豪气可以陶醉半天。这类轻量版的义薄云天每天都在上演。这些举止老外当然不会明白，但他们习惯"食自己"，甚至有时夫妻外出用餐，埋单时也是各自掏荷包找数的，这点看在我们中国人眼里也是难以理解的。

"君子死知己"，那是"仗义"中的最高级别，没有本领是做不到的，荆轲算是一个，他的知己相信是指燕太子丹和田光，为报知遇，而刺杀对象也是暴君秦王，多少也带点正义感，所以历史给予正面的评价。但《史记·刺客列传》中的其他杀手，予人的感觉不外如此，算不上正不正义。严仲子因为与韩相侠累有仇，知道聂政勇敢，便拿百镒黄金给他母亲做寿，聂政坚拒不接受。权贵赏识，当然令人侧目，但连最傻的人都会想到，权贵为何找你？一是你不能为他增财富，二是男人老狗也当不成二奶，唯一有用的便是替他卖命。聂政只因为自己在街边屠狗为生，但对方却赏识自己于穷巷之中，有知遇之恩，所以在母亲去世后便替他刺杀了韩相侠累。整个过程，严仲子的百镒黄金起了重要作用，至于被杀者是好人或者坏人，看来聂政全不考虑。

# 变迁

台风"飞燕"吹袭，在南海西沙掀翻多艘渔船，八十八人落海，救起的只有二十六人，救人的黄金七十二小时早已过，恐怕其他失踪者已无生还希望了。渔船、渔民我们并不陌生，澳门今天虽然是世界著名的博彩娱乐城，但也是从渔村发展起来的，所以渔村的痕迹到处可见，供奉着最受渔民信奉神祇的妈阁庙、沙梨头的水月宫、渔翁街的天后宫等，还有贝壳围、咸鱼巷、打缆围等等以水产命名的街巷，鲜明地刻着渔村的烙印，只是这些烙印已渐渐褪色了。

上世纪的八九十年代，每逢春节前我喜欢到主教山面对湾仔的那个瞭望台俯视内港，那时候湾水度岁的渔船数以百计，一排排陈列在内港，而接载渔民上岸的"水上的士"穿梭往来，充满活力，使人遐想到曹操在赤壁列阵"舳舻千里，旌旗蔽空。酾酒临江，横槊赋诗"大概也是这种盛况。

只是今年中秋节再到那里观望，渔船虽然还按原来的习惯回来过节，只是疏疏落落的几排，已无复当年的盛况了。有一个打了二十多年鱼死里逃生的渔民对记者说：这次的巨浪是我从未见过的，今后我不会再出海打鱼了。这种"见过鬼怕黑"的反应值得同情，但使人抛弃干这一行的还有其他因素，例如油价飙升，鱼获在大量捕捞下，附近海域已近乎枯竭了，要"网网千斤"必须到更远的海域，不过越远风险则越大，这种风险包括人为和天灾，所以难以吸引到年轻人入行，相信现在那一批渔民退休后，我们只能够品尝围海渔排的养鱼或者淡水鱼了。

　　渔业逐步弱化是一种趋势，早前造船业的萎缩已是一种警示，同样，澳门以前有很多行业，但随着社会的变迁也早已式微，今天你如果看不惯俗世的你争我夺，想学陶渊明那样过自耕自足的田园生活，但全澳已没有一块空地可让你实现梦想了。菜农只留下一间菜农学校，至于澳门更早期的火柴、爆竹和神香等旺极一时的行业，现在只有在书本里才知道它们曾经存在过，这就是社会，它随着潮流，除旧布新，永远向前奔驰，容得下个人的怀旧思潮，但容不下社会的怀旧行动。

# 写作人肖像展

我再到展场参观澳门写作人的肖像展，展出前，每个参展者都要写几句自己对文学或写作的看法，我绞尽脑汁拼凑了四十多个字送去，自己也想看看前辈们怎样演绎看法。不过，展场题字我只读了五分之四，大约有两成是因为字体小而且挂在高处，自己视力不佳没法看清而作罢。四十多个年过半百的写作人发表对文学的看法，当中掺和了大家对文学的思考和生活的体验，不少真知灼见，而我那几句是相形见绌了。细读题字，发觉最多作者指出"文学"即"人学"这样的命题。望着一张张略呈沧桑的人像相片，忽然生起一点感慨，觉得既然跻身写作人这个行列里，有义务不断提升自己的作品素质才对得起让我们发表文章的报馆和读者。

中国是一个散文大国，优秀的文章俯拾皆是，但中国传统文化是主张文以载道的。综观历史，不难发现理性的文章比比皆是，抒情文章却屈指可数，有时就算有感慨也往往由理性产生出来的，例如范仲淹《岳阳楼记》："居庙堂之高则忧其民，处江湖之远则忧其君。"虽然充满了感慨，但这种感性却带着浓烈的儒家理性抱负。只是每一个时代有每一个时代对文章的取舍，当今的文章应以载道为主，还是应以抒情为主呢？我想应该两者兼备的，否则就会失之于偏颇了，不适合当今多元化的社会。理性文章多的是，每天的报章社论，学者的政经论文，针砭时弊，指点江山，广义上这些都是载道文章，这类文章对如何管理好我们的社会很有用，但我们对生命的感悟，需要寻找认同这方面却没有一点帮助。人与动物最大的分别，动物吃了就去睡，明天依然还是吃和睡，但人却会想到生离死别，想到生命无可避免的凋零，二千年前曹操曰："对酒当歌，人生几何。譬如朝露，去日苦多。慨当以慷，忧思难忘。"今天席慕蓉说："而到了这一夜，那逃避不了的阴影却来自对前路的全然已知，盛筵必散啊！盛年永不复返，我们这一生从未能尽欢。"人是十分复杂的，最能挖掘人类复杂的感情世界的，大概只有作家。

# 澳门品牌

无线的电视剧《巨轮》开播以来，福隆新街附近人流更多了。香港电视剧以澳门为主题的剧集不多，但一旦有，对外地人认识澳门会有很大的帮助，三年前我在吉隆坡遇到一对年轻的华裔马来西亚情侣，马来西亚姑娘高兴地说她非常喜欢看《十月初五的月光》那套剧集，说喜爱剧集中那份浓浓的人情世故。讲古是我的强项，结果我详细地向他们介绍了澳门和十月初五街，更答应如果他们到澳门，必定带他们遍游全澳的大街小巷。

澳门有许多素材入了电影、电视，的确别具一种韵味，只是澳门人"只缘身在此山中"感觉不强烈而已。例如几个月前离世的陈克夫，1954年，他与吴公仪在新花园比武，便引出了梁羽生和金庸两大武侠小说家，他们写的《白发魔女传》《书剑恩仇录》和《射雕英雄传》等作品脍炙人口，几十年来，由武侠小说改编的电影、电视剧几乎风靡了全中国，至今不衰。我在华南师范大学上港澳台文学课时，教授对那场吴陈比武催生的一股武侠小说潮流给予很高的评价，更指出因为金庸的成功，现在已形成了一门"金学"。武侠风起新花园，不知道是澳门无知还是不屑为，对长盛不衰的武侠风的发祥地可以不当一回事，新花园从来没有一块木板记载这段历史。

澳门的创意当然不单是几个杏仁饼和葡挞，回归后的娱乐博彩业发展很快，去年的博彩收益已是拉城的五倍，澳门的经营模式，引致世界不少地方争相效法，最近连日本也提出要在东京开赌场，而韩国则要建一个超大型娱乐度假城，目标当然是要与澳门竞争。但我并不太忧虑，因为他们可以建造一个全世界最大的度假村，但他们没有可能再造一个华南经济圈，澳门得天独厚的地理位置是无可取代的，只要我们社会稳定、治安良好，客人怎会舍近求远？新加坡滨海湾是个好例子。在博彩这个行业上，澳门现在正执世界的牛耳，不知道有没有人肯花时间，把这个世界第一清清楚楚地理出一个脉络来，因为这是澳门自己创造的模式。

# 石岐话朗诵

咖啡室邻座的朋友笑着问道："公荣，你还有没有用石岐话念诗？"我一时反应不来，稍为思索才想起，十年前因为沙士（非典——编者注）来袭，澳门顿时成为死城，游客裹足不前，为了自救，澳门基金会拨出五千万元鼓励各类社团举办活动，例如办本澳半日游等，这样旅游车司机和导游就有工开，晚饭规定要帮衬本地食肆，希望通过活动促进消费，使得各行各业都有点生意做。澳门笔会当时也组织活动，在皇朝教科文中心旁边的草地上举办诗词朗诵，但规定表演者要用乡下话朗诵，我选的题目是苏轼的《水调歌头·明月几时有》，用乡下话朗诵并不困难，我是中山人，虽然很小便在澳门生活，但母亲一口石岐话总是改不了，在家与她沟通需要用石岐话，久而久之，日常的话语早已带着几分乡音，所以用石岐话朗诵绝对不成问题。鲁茂先生当晚用湖南话，梦子则好像是用潮州话，一时间南腔北调洋溢四周，朋友大概当日是捧场客。话说回来，澳门果真是个福地，沙士本是大灾害，3、4月澳门像天塌下来一样绝望，但因祸得福，内地开放自由行，到7月左右便走出沙士的阴影了，而且一直畅旺到今天。

我记得当日约我用石岐话朗诵，我不假思索地就选择了苏轼的《水调歌头》，在唐宋八大家之中，我特别喜欢苏轼的诗文，因为觉得他的诗文有一种豁达之气。东坡的一生，顺境逆境参半，顺境时固然豪迈地唱出："会挽雕弓如满月，西北望，射天狼。"在被诬陷远谪黄州时，他没有气馁，借着路上偶遇的风雨表达自己面对打击时的胸襟："莫听穿林打叶声，何妨吟啸且徐行。竹杖芒鞋轻胜马，谁怕？一蓑烟雨任平生。"东坡身上除了有齐家治国平天下的儒家理想外，还有老庄的影响。被贬黄州，没有了官俸，生活渐渐拮据，他的朋友为他向当地官员申请了城东的荒地，苏轼于是买了一头黄牛，天天与儿子在东坡之上耕耘，实行躬耕自食，这种随遇而安的健康心态，使得政敌可以将他一贬再贬，但不能摧毁他拥抱生活的热情。

# 魂居竹林寺

药山寺院的神主牌事件成了头条新闻，忽然想起我祖父母和父亲的灵位也放在竹林寺那里，放心不下，连忙到那里走一回，好在灵位依然排在旧处，<u>丝毫未动</u>，心头放下大石。1965年我父亲病故，为免祖母伤心，对祖母谎称父亲是到了远地治病，办好丧事后，我们连孝都不敢戴，更不能在家放灵位，于是便买了这个灵位，让父亲寄居在那里了。不过，就算想放住处也有困难，因为在我童年的那个年代，澳门人住屋的压力不比今天轻，许多家庭都是租房住的，我家连祖母在内五口人，住在一间约七十尺的木板隔间房里，一张小折枱和两张椅子已是全部家当了，吃饭、写字、拜神所有的活动都靠这张小折枱，哪里还容得下一张神台？况且烧香也不方便，因为我们住的那层二楼，足足住了十六户人家，烧香拜神，除了会影响别人外，还容易火烛。

竹林寺的灵位中还有一个是我的同乡，她自杀去世时我只有十岁，她的死对我震动很大，也是我幼小心灵第一次感受到人间的不幸。因为她在我心目中一直是个十分开朗、勤快的人，脸上常常挂着灿烂的笑容，她本来在山区生活，嫁给我故乡的邻居的儿子，邻居是归国华侨，有点钱，可能儿子讨厌父母包办婚姻，所以一直对她很冷淡，有一次与我母亲谈起家事，她幽幽地说："他摸也没有摸我一下。"后来她与丈夫来了澳门，也终于生了一个男孩子，只是在小孩很小的时候，已到香港生活的丈夫来澳把她的孩子偷偷带走了，她遍寻不获就在圆台仔避风塘那里跳海自杀了。大概她的丈夫过意不去，就在这里为她买下一个灵位，不过，这个灵位是竹林寺最简单的一种，只是在一个三寸长的长方格里写上名字而已。望着几块密密麻麻写上几百人名字的灵位，已很难找到同乡的名字了。半个世纪很快过去，但只要你跨入竹林寺，入门那幅天龙八部壁画，以及那几棵盘根错节的老树依然故我，仿似从未变化过，只是想到，那个被带走的小男孩，正常而言，他也应有子孙了，他知不知道自己亲生母亲的故事？

# 巡游和游行

知道澳门回归日有拉丁城区大巡游，赶到大三巴，可惜到晚了一点，巡游队伍已过去了，大三巴街只有如潮的游客，有朋友说，他们现在每逢节假日都不会踏足新马路和议事亭前地的，把这区都让给游客了。澳门客似云来当然有她吸引人的地方，不过治安好是首要条件。我随着人流在板樟堂附近溜达，倦了就跑到南湾区一间咖啡室歇脚，饮完咖啡出门，忽然警哨大作，这才想起今天有示威活动，既然看不到拉丁城区巡游，就看示威游行吧。站在新丽华酒店门前，几百人的示威队伍陆续从眼前走过。澳门是个平静的小城，以前一旦听到有示威活动，觉得是十分严重的大事，整个社会显得有点躁动不安，不过澳门回归以来，选择节假日示威好像成了例牌菜，市民固然懂得用游行表达诉求，而警方也因"工多艺熟"，应付游行示威显得有点信心了。

回到议事亭前地，打算到营地大街买点东西，穿过热闹的人群，忽然被街边那栗子档吸引住了，"清记栗子"，那个像小型拌水泥机一样的炒栗子炉慢慢转动，这才发觉，这区除了建筑物外，旧食物档只剩下这一档了。我记得年轻时拍拖，与女朋友到平安戏院看电影，便常常到这里买下一包香喷喷的栗子才进场的。一时兴奋刚想掏钱重温旧梦，但拿着钱却犹疑了，摸摸下巴，以前咬开栗子的那副坚实的牙齿早已不在了，满口假牙怎咬开硬壳？买栗不成，站在栗子档前却感觉到有一种难以言明的温馨，十四年前澳门回归前夕，我独自一人站在这里看着那个大银幕直播回归大典，那时候这里是人山人海，当回归倒数最后一刻到来时，数以万计的人群同一时间爆发出震天的欢呼，有人从屋顶上撒下金色彩纸，人们互相拥抱握手，印象最深的是身边一个金发新潮女郎，兴奋地跳起来高呼："中国万岁！""中国万岁！"别小看这些打扮新潮的青少年，他们渴望回归的热情，较之我这个中年人还热烈呢。十四年瞬间便过去了，眼前游人如鲫，圣诞灯饰布置得美轮美奂，一片太平盛世，再过十四年澳门会变哪个样子？

# 不要"等天收"

广东警方破获陆丰县一座制毒村，参与行动的刑警告诉记者，说进入一栋六层的村屋，事前已知道楼上三层都是制毒工场，但破门而入时却呆住了，发现地下正中是座大观音，两个妇女正折制大堆的纸元宝准备拜祭。楼上是制造杀人不见血的冰毒，楼下却供奉普度众生的菩萨，这种情况令他觉得奇奇怪怪。

人们求神拜佛都是祈求神灵庇佑，人的目的各异，而神灵都是那么几个，港澳最多人供奉的关帝，犯罪分子出外作奸犯科，必定恭恭敬敬地在关帝前上香，但治安部门也供奉关帝，每逢出动扑灭罪行也求神保佑，神灵接到两方面的祈求，该怎么办？苏东坡对祈祷功效心存怀疑，他曾因为经过泗水时被大风所阻，人们都到附近的僧伽塔祷塔求风，但东坡明白不同的人有不同的要求，神灵是很难满足的，所以他有感而发写道："耕田欲雨刈欲晴，去得顺风来者怨。若使人人祷辄遂，告物应须日千变。"

拜神祈福之外，相信还会有些人要求神灵帮助整治别人的，我小时候在饼店当学徒，老板在蓬莱新街租了一间大屋的厨房当工场，我记得当我们几个少年早上开工时，那个矮胖的包租婆必定到厨房观音像前点香拜神，用所有人都听得到的声音禀告道："保佑那班少年亡早死早着……"无端被人恶毒的语言诅咒，起初有点不忿，但渐渐想通了，知道如果世界没有鬼神，她再毒的诅咒也没有用；若然天上真有神灵，菩萨哪会助纣为虐？所以每当她禀神时我们便大声嬉闹或扭大收音机的声浪，把她的喃喃自语盖过。至今我还不明白，人拜神她拜神，为何她拜神却喜欢一味请求菩萨整治别人？

安倍晋三参拜靖国神社，中国人怒火中烧，日寇侵华我们三千多万军民被杀，按理而言，刽子手杀那么多人理应受到天谴的，但日本却在战后经济迅速发展，又成为亚洲最富庶的国家了。广府人有句骂人的话："等天收！"而事实上天不会收服恶人的，所谓"杀人放火金腰带，修桥补路冇尸骸"，世界上有太多这类现象了，只有做大做强自己才是上策，个人如此，国家也是如此，千万别生"等天收"的心态。

# 先进武器

不久前，俄国 AK47 步枪的发明者去世，新闻报道指 AK47 发明至今，全世界约有七百万人死于该款枪下，言下之意是指这种优良武器使世界死人无数。

武器不是装饰品，武器优劣的唯一标准便是杀人杀得快、杀人杀得多，其实这是表面现象，换个角度看，在 AK47 出现之前，一旦发生战争，世界不是一样死人无数吗？日军占领南京，用步枪、军刀和活埋，在南京便杀了三十多万中国人，而大多数都是手无寸铁的老百姓。再让我们退回到只有弓箭和刀剑的冷兵器时代，战争依然会使无数人死于非命的。白起是秦昭王的大将，一次便把赵国的四十万降卒坑杀了，四十万人几乎等于澳门八成人口，我一直想了解坑杀是怎样执行的，原来是先把降卒引入一个峡谷，埋伏在两边山头的伏兵万箭齐发以及滚下巨石，经过一轮屠杀，困在峡谷的人不死即伤，这时候全副武装的士兵才入场作最后砍杀。剃人头者人剃其头，后来项羽破秦，照板煮碗，又把秦国二十万降卒骗到峡谷坑杀掉。没有人性的嗜杀者代代皆有，这一点不应全归责于武器。

正如战争一样，用武器也有正义和非正义的。汤告鲁斯（汤姆·克鲁斯——编者注）主演的《最后武士》，决战时数十匹战马向对方冲去，但他们只有弓箭和大刀，对方却用火枪大炮侍候，结果骑兵全军尽没，那个画面拍得相当震撼，但我心头涌起的更惨烈的一个场景：1860 年英法联军入侵中国，在北京城外的八里桥与由满清名将僧格林沁的大军作一殊死战，侵略者虽然只有八千人，清军以四万步兵和一万骑兵占人数的绝对优势，结果，因为武器落后，中国守军惨败，北京古城沦陷任由强盗践踏，宏伟的圆明园被抢劫一空然后放火烧掉，连一个七十多岁的满清女贵族也被强奸。数据显示，八里桥那场大战，清军死亡万多人，而英法联军仅有十多人伤亡。

中国由第一次鸦片战争起吃武器落后的亏太多了，中国近代的屈辱史，与没有先进武器有莫大的关系。其实，当周围还有强盗拿着先进武器在虎视眈眈时，自己不单不要松懈，还要多发明几件像样的武器，否则保家卫国只是一句空话。

# 适者生存

现今社会强调多元化，但发展趋势却是相反，特别是经济发展上不单不是走向多元，反而是渐渐走向一统的。下环是老区，尚存的几间杂货店，最近又有一间执笠了，是因生意淡薄还是铺租贵而结束营业？只是随着大型超市的进驻，杂货店的经营空间便一直在收窄。而且除了大型超市外，七仔也是一大威胁，七仔出售的货物虽有部分与杂货店相同，但七仔同时供应熟食和报纸杂志，也代客收水电费，收银行卡数等，这些多元化的服务符合现代人的生活模式，相反传统杂货店提供的服务就显得太单一了。所以，大凡有七仔的地方，在它附近的杂货店和报摊就不易经营了。

澳门日益国际化，人的思维方式，也要改变才成，杂货店是小本经营，面对国际企业的竞争固然难于应对，但那些坐拥巨大资本的企业，面对跨国集团的挑战看来也是穷于应对的。澳门龙头行业博彩业，随着赌权开放，美资集团进驻，他们的种种经营策略和手法也令人眼花缭乱，六间博企开业时澳博一间独占赌收份额 30%，但随着国际博企陆续营运，没几年这种比例不断在变化，要知道，每一个百分比的变动都是数以亿计的收入。最近有学者指出，金沙中国在 2 月 1 日到 16 日的赌收份额上升至 25.8%，此消彼长，谁的份额被分薄了？当然还要看全年整体数据。金沙集团目前拥有的酒店房接近九千间，这是其他博企短期内没法追得上的，因为酒店房间多加上入住率高，自己的赌场便有充足的客源。这些策略非常有用，这等于在自己的大屋里筑了几千个美丽的小窝，让那些袋子里满是钞票的客人住进来，那么大屋里的商店、娱乐场便不缺人流，这些以酒店巩固客源的手法相当简单也相当重要，但直觉上觉得其他博企起初并不重视，现在才急起直追，数据显示，银娱日夜赶工希望两年内多建三千至四千间客房，永利皇宫要建千多间豪华房，而有博企申请将四星酒店升格为五星级，更有集团要集中优势资源把新项目建成休闲度假村，就趋势而言，金光大道相信不出三年已是全球拥有最多豪华酒店的区域了。

# 人老就灵

到雀仔园吃早餐，看见工人正忙碌地拆卸早几天土地诞上神功戏的戏棚，相信不出一天，这区又会恢复原来的状态了。这条小街人流熙来攘往，相信是本澳最具特色的地方，除了每年土地诞演戏外，小街里的美食也是百花齐放的，这边食罢牛腩面，走过隔离档又可以喝上糖水了，而那个袖珍的雀仔园街市，虽然规模不大，但也能满足附近街坊的需求。这样地道的市井风情，雀仔园自认第二相信没有哪区敢认第一的。

土地公是最贴近民居的民俗神，我住的那几幢大厦，二十多年前忽然传出闹鬼，于是有街坊提议搞个大型土地公以保家宅平安，接近成功之际，却因摆放位置引起争拗，有如现在的垃圾站一样，谁都希望附近有垃圾站，但绝对不同意把站设在自家门口，建土地公的事最后便不了了之。至于没有摆放，看来问题也不大，居民们二十多年来依然早出晚归，为养妻活儿而奔波，小孩子同样长大结婚生子，当然，生老病死也照样发生。

中国人除了到庙宇求神保佑外，自创的驱邪的方法也是无奇不有的，而且人一旦活到老了，可能无端会变成拥有辟邪驱鬼的法力，我记得年幼每逢生病时，母亲首先会煲山草药，但见高烧不退时，她便认为可能是邪气附体了，于是掣出撒手锏，拿出我七十多岁老祖母那条黑长裤要我从中穿过，问她为何要穿裤裆，她说可以赶走那些"邋遢嘢"，我虽然年幼，也明白"邋邋嘢"是什么，事关安危，而且穿裤裆又不似喝苦茶那样难咽，所以我会很合作。

后来母亲为我们祈平安又变了新花样，就是找"大佬照"，每年某日，她会买一纸太阳回来，问她是什么，她答道："今日是太阳诞，太阳神是你弟弟的契爷，等他放学后带他到妈阁庙还神。"弟弟有太阳契爷"照"，她为我找的契爷更劲，就是拿着金箍棒降妖伏魔的美猴王孙悟空。不过，有了这样的契爷"照"住，病魔一样来光顾我。所以，我认为求神拜佛只求心安理得而已，拜与不拜问题不大，秉持"平生不做亏心事，半夜敲门也不惊"就可以了。

# 自食其力

　　咖啡室的对面有一个新楼盘，一个地产销售员拿着售楼单张，带领一对年轻人上楼睇楼，忽然有点感触，刚才在家里看电视，一只只有婴儿巴掌大的小雄鸟，在树脚下忙碌十多天修筑一个有盖的窝，然后在窝里放些鲜艳色彩的果子以吸引异性，如果雌鸟来了不走，以后大家就可以一起生活了，可惜雌鸟对这个窝不满意，左顾右盼一会儿就飞走了。眼前这对年轻人大概是在为张罗结婚吧？行为与刚才电视里看到的又何其相似！

　　澳门现在的年轻人，相信都在忧虑一个窝，目前一些已有二三十年楼龄，稍为四正一点的唐楼，动辄也要四五百万，申请经屋不知排队排到何时，想在私人市场买楼除了价钱昂贵外，其实新盘也不多。如果不是到了谈婚论嫁，还可以黏住父母过一段日子，可是一到要建立小家庭，楼房就变成刚性需要了，但要自立门户谈何容易！退而求其次，租房子也不见得轻松，目前，澳门已有接近十五万的外劳与你争房子、争巴士，未来两三年外劳的人数肯定只会增不会减，这群庞大的潜在租客，已消耗掉所有的空房，这种状况还没有看到有缓解的良方。

　　朋友们相聚，许多时候都会谈及房价的问题，有朋友说，如果当年政府推出投资移民政策、鼓励新移民购买房子支持澳门房地产时，自己能当机立断，多买两三套房子，今天就不愁两餐了。所谓"有早知冇乞儿"，谁会料到澳门赌收短短十年间已超越拉斯韦加斯七倍！更不会想到中国几年之间已跃升为世界第二大经济体。不过，朋友之中有一位是属于"有早知……"之类的，他靠那份并不丰厚的退休金生活，2003年沙士期间，澳门楼价十分便宜，也不知道用什么方法，他前后购入了六七套房子，每套都是二十万左右，托地产公司出租，然后就靠那些租金过活，现在算起来，六七套房子如果还未变卖，每月的收入便有几万。所谓自求多福，像刚才那对睇楼的恋人，他们并不呆等政府分派经屋，而是自食其力争取上车。实际上，如果他们自己解决了问题，则其他人的机会就多了一点。

# 想起"饿其体肤"

"五一"假期，酒楼食肆人满为患，在酒楼等了半个小时还未有机会入座，饥肠辘辘，口中自然抱怨，朋友为搞点气氛，拍拍我膊头说："天将降大任于是人也，必先苦其心志，劳其筋骨，饿其体肤……"其实此时此刻套用孟子这句名言，觉得是不伦不类，不过也引起一些想法。

孟子这句话，千古以来激励了无数有抱负、有担当的知识分子，当他们受到轻视或者被打压时，想起这句名言，精神便仿似拥有无穷的力量，任何困难苦楚都可以忍受下来，渐渐便成了中国人面对困境时自我激励或自我解嘲的座右铭，至于今日连排队等饮茶也用上这句话，是有点冒犯圣哲了。其实孟子说这几句话时所举的例子是有根有据的，例如商朝的傅说，传说因犯罪被判替人筑墙时被国君武丁提拔为相的。另一个是管仲，因为助老板与对手争夺王位失败而身陷囹圄，只因齐桓公的大臣鲍叔牙认识他，知道他的才能，所以推荐给桓公。历史上这两个人都能"打好呢份工"，为国家尽心尽力，特别是管仲，执政四十年，辅助桓公成为春秋五霸之一。只是这种机会只有在"普天之下莫非王土"的封建社会才会出现，放在今天，就算贵为总统，相信也不敢跑到监狱里提拔一个囚犯当公务员的，更何况是当丞相！除非你是政治犯，例如刚去世不久的南非前总统曼德拉，因为反对种族歧视被英国人关进牢房里，牢蹲得越久声誉越隆，至于其他犯罪分子，不管你蹲多久牢、受多少苦，社会也会认为你是罪有应得。

　　孟子"天将降大任于是人也……"其实他只要求士子好好地磨炼自己，将来为国为君做事，但这句话是不包括君王的，儒家认为君权神授是不应置疑的，不管士子如何苦其心志，饿其体肤，一旦遇到昏君就寸步难行了，受害的还是饱读圣贤书的士子，历史上太多肆意妄为的皇帝了，晋惠帝是西晋司马炎的儿子，天生奇钝，因为是出生帝王家便当上皇帝了，有人告诉老百姓冇饭开了，他一句"何不食肉糜？"（何不食肉粥？）而成为千古笑话，但不妨碍他继续当皇帝。

# 快活过神仙

在香港地铁看到一张"力争封神"的广告牌，电梯上升得快没来得及细看内容，以前分不清道和佛，总之能点石成金的，或者驱魔伏妖的都是神仙，长大后读了一点书才知道神仙和佛是不同的派别，佛是佛道归道。神仙在中国人的传统中是十分受欢迎的神祇，所谓快活过神仙，神仙受欢迎在于其有无穷大的法力，即有一个任我发挥的空间，上天入地无所不能，除此之外就是永远不用死，而死亡是人类最害怕的一桩事。我年幼时就十分羡慕孙悟空那身本领，除了武功了得外，他还吞食了太上老君的金丹，一粒已可以长生不老，何况他是把整炉的金丹吞进肚里，另外加上饱餐西王母娘娘的蟠桃，那些蟠桃也是吃一个就可以增寿万年的，所以我们玩游戏时，人人都争当孙悟空。

中国人羡慕神仙是上至皇帝下至百姓的共同心态，老百姓对神仙只是向往羡慕而已，但做了皇帝就可以去追求了，皇帝拥有太多的东西，三宫六院，佳丽如云，加上无限大的权力，可以呼风唤雨要什么有什么，又怎舍得死？所以秦始皇派五百童男童女往扶桑求不死药，汉武帝则在宫里养了一批道士，这些道士宣称可以与仙界沟通，汉武帝当然是希望他们与神仙的交往中代他求得一些仙药，使自己延年益寿，秦皇汉武的神仙梦当然没能实现，最后还是两脚一伸告别人间。

长生不死真是那样重要吗？最近看了一出旧西片，是由

《阿甘正传》的主角汤姆·汉克斯主演的，他演一个执行死刑的警员，而那个拥有特异功能的犯人被无辜施以电刑时，把特异功传给了汉克斯，几十年过去了，汉克斯的几任妻子，就连最疼爱的小孙女也老死了，而他还在老屋里踯躅，他渴望早日蒙主宠召，可是这个日子却来日无期，他认为是上天对他的惩罚。

其实就算你成了神仙，除非你够自私，漠视人间的悲苦，或许你可以快快活活地当神仙，但如果你认真履行职责，相信也是不会快活起来的，地藏王有一句名言：炼狱不净，誓不成佛。就是看到人间太多的不平和痛苦，成了佛，远离悲苦，倒不如留在人间为人们消灾解难。

# 一九七五

前面塞车，十分钟也不能移动半尺，大概是发生交通意外吧。排在我前面的车牌是 ×× 一九七五。数字看似简单，其实每个人心底里也有一些特殊的数字不会忘记的，例如自己和家人的生日、手机号码等，除了个人的数字不会忘记外，有些数字更是人类的共同记忆，譬如看到九一一，自然会想到恐袭，瞥见"九一八"三个字，我们便会联想到日本吞并我东三省。看到"一九七五"四个字我便想到那年澳门发生的大事。1974 年葡国发生康乃馨革命，一群军官推翻了萨拉查独裁政权，1975 年便派了军人李安度到澳门当总督，他上任后发觉澳门发行的货币有足够的外汇储备支持，但兑港币却要补水，军人性格便是勇敢果断，于是某一天便下令港币与葡币平兑，据说官方银行一个早上便被兑换了几千万港币后，眼看将澳门币换成港币的势头越烧越旺，于是便停止了兑换。结果，引致澳门金融市场一片混乱，金铺关门，杂货店拉闸，至于银行有没有营业已记不起了。整个市面连一元港币也兑不到，要知道，澳门是个小埠，所有的民生用品，建筑材料、电油火水、大米甚至一个罐头都要以港币结算的，因为港币可以兑换成美元。一旦在银行换不到港币，唯有向私人市场找，物以稀为贵，港币顿时成了奇货，结果有一长段时间，港币被炒至每百要补水二十多元。这是一次"挖肉找疮生"的事件，市民无端端遭受了一次通胀打击，而且是双位数的，原因是什么？相信只有上帝才明白。

这次平兑事件对我的影响应该约半年，因为母亲受过日本仔沦陷之苦，深知冇米落镬是十分凄凉的，于是赶到经常帮衬的那间杂货店，苦苦央求老板卖一袋大米给我们，结果那袋五十斤重的大米我们吃了半年，而且到后来每当煮饭时还要花精神捉走米中的谷牛。

那一年也不全是坏事，1975年那次公务人员加薪是分三级的，低级加百分之三十，中级、高级约加百分之二十和百分之十，这种体恤使得当时低级公务人员笑逐颜开，因为加幅最大，只不过那年代是用葡文字母排列职级的，分级操作来得简单容易。

# 工多艺熟

世界杯决出盟主不足半个月，欧洲各种杯赛便陆续开锣了，不过，所谓"一节淡三墟"，扭开电视，看到那些球员在场上跑来跑去，总是觉得没甚看头，大概是脑子里还留着世界杯那些著名球员美妙的一传一射，相信起码要过半年，世界杯的印象渐渐淡忘了，我才会有兴趣再次坐在电视面前看球赛的。其实，像美斯（梅西——编者注）、C朗（C罗——编者注）那样高质素的球员，一记美妙的射球，不知道要花多少时间去训练的，几年前一个介绍碧咸（贝克汉姆——编者注）训练的专辑，碧咸进行训练时，许多时候在龙门上角挂一个如篮球网一般大的网，每天就在二三十码外把球射入小网中，工多艺熟，长年累月的训练，碧咸的罚球又准又刁钻，令人惊叹。一分天才九分努力，相信球技出众的球星们，他们骄人的技术都是靠汗水浇出来的。世界杯耐看之处，除了同一时间将全世界最优秀的球员集中在一地外，那些长期在外靠打波挣钱的球员，回国代表国家出赛，为国家争光的使命感使得他们就算打甩牌也在所不惜，所以，无论是强队、弱队几乎都倾尽全力去拚搏的，抱着这种精神比赛，赛果往往出人意表。

工多艺熟，无论是任何行业都是同一个道理，欧阳修的《归田录》里介绍的卖油翁是最典型例子，北宋时文武全才的状元陈尧咨（康肃）在街头射箭，大概是当众演嘅，而十箭有八九中的，但在旁观看的卖油翁只是含蓄地点了一下头，并没有拍手掌叫好，康肃认为受到轻视，但卖油翁由高处把油倒进葫芦里，盖在葫芦口的铜钱一点油也没沾着，然后对康肃说道："我亦无他，惟手熟尔。"

　　所谓"工多"就是不断重复一个动作或做一件事，次数多了便会渐渐掌握个中的奥妙。我认识一个青年人，他非常瘦，几乎稍猛烈的风也会把他吹起，但他喜爱长跑，放学后就到松山跑步，而且每天都跑七八圈，如此这样坚持了两年，年轻人虽然没有冲刺力，但耐力足，他知道自己的步幅大且平均，结果他在比赛途中往往凭步幅把对手甩在后头，避免与对手斗最后一段路，最后他成为澳门一位很优秀的长跑运动员。

# 回顾

澳门回归快满十五年了，主权交接那晚，我在议事亭前地和数以万计的市民在大屏幕前倒数最后十秒，那种地动山摇的欢呼声仿似还在耳边滚动，时间却过去了十五年。

我真佩服那些工程师，只要有资金，是什么都可以创造出来的，几日前到威尼斯参观车展，游客川流不息，一片畅旺，我记得就在这个地方，原本是一块长满了草的烂泥地，谁会想到，现在这里竟成为全球最著名的娱乐城。

澳门回归后可说一点也不平静，头两年，受亚洲金融海啸影响，失业严重，示威不断，结果政府拿出四亿元帮助市民，办班招生，让那些没有工作、生活困难的市民报读，当然是上课有津贴。同时工联总会也进行筹款为贫困工人解燃眉之急。可是局势刚稳定下来，2003 年上半年又暴发沙士，整个澳门瞬间仿似跌入地狱，当时我在中央广场十八楼工作，远眺大三巴牌坊空空如也，除了偶然走过几个街坊外，游客几乎绝迹。澳门是靠游客生存的，一旦游客裹足不前，的士固然生意淡薄，旅游巴和导游更是拍苍蝇，于是澳门基金会拿出六千万让市民办活动，但规定要租用本地旅游巴，更要请本地导游，结果不消三个月，内地推出自由行，澳门便客似云来，营商环境迅速改善，其时六千万还没有用完呢。

现在房子是天价，但在回归初期，为了搞旺地产市道，政府推出过投资移民和四厘补贴等政策鼓励买楼，但当 2004 年金沙开幕，不用半年便收回成本，于是大量资金涌到澳门，投资移民政策和四厘补贴最终也取消了，但也没法遏制楼市升势。正当大家以为进入康庄大道，2008年布殊（小布什——编者注）忽然宣布金融海啸，内地限制自由行，澳门又跌入谷底，社会裁员声不断，一时间闹得人心惶惶，但这些坏消息很快便消失，赌收只在2009年稍微回落，到2011年至2013年赌收都以双位数字的升幅傲视全球，可惜楼价同样飙升，搞到澳门人叫苦连天。澳门十五年来的发展，证明特区的经济是被动式的，完全受外部环境的影响，所以，政府理财要有"好天斩埋落雨柴"的心理，否则就难以应付突然而至的不景气。

# 自求多福

还有个多月，珠海又举办航展了。去年参观航展，收获可以说是出乎意料的，因为观看了几场歼击战机表演，当歼 10 升空时，那种低沉的轰隆震人心魄。我喜欢剪存报章上有关中国军事消息的图文，例如新款的东风系列导弹、新型舰艇下水，或者到俄罗斯洽购战机等，现在已有厚厚的一大沓了，闲时翻阅，感应一下国防现代化的步伐。这种嗜好是因为读了历史养成的，明白国家如果没有那么几件像样的武器，便注定经常被人欺负的。晚清时，虽然有几十万大军，可是别人已用大炮火枪了，自己还拿着弓箭和砍刀，落后便注定挨揍，所以近代国土先后被英国、八国联军、英法联军以及日本等列强蹂躏，战败当然是割地赔款，香港就是那样掉在英国的手上。联合国宪章第二条四节规定："会员国在国际关系上不得使用威胁或武力，侵害任何会员国或国家之领土完整或政治独立。"第二次世界大战中英国是战胜国，但这些割让香港的城下之盟，号称文明的大英帝国却从来没有意思废除。所以，想领土完整是要自求多福，联合国虽貌似强大，但实际是管不了大国的，近年的例子就是布殊一口咬定伊拉克有大杀伤力武器，绕过联合国挥兵直取巴格达，除大油田外，一件大杀伤力武器也找不到，谁听美国讲过道歉的话？

打败仗赔款是要从老百姓那里榨取的，第一次鸦片战争中国赔给英国 2100 万个大洋，而甲午战败除割台湾给日本外，还要赔2.3亿两白银。战国时，有一个楚国的士子郑同往见赵王，当时赵国是比较强盛的，当开口谈到军事时，赵王举手阻止并说道：我是不喜欢谈兵事的。郑同说：用兵是害人的事，也知道你会不喜欢的，不过，以前有一个拿着随侯之珠、握着百丘之环、身上怀着万金的人，独自在郊外住宿，身边没有孟贲那样的力士来保护，外面又没有布置弓弩来防卫，不过一夜，必定会出危险的。现在你的邻国正在虎视眈眈，你却说不想谈兵事！赵王听到这里便立即说："寡人请奉教。"中国现在有四万多亿美元外汇储备，提升军事力量势在必行，日本说中国军费不透明，讲句粗俗话："霎戆。"

# 酒的故事

"巴士司机涉酒驾"成了报章的头条新闻，咖啡室邻座几个青年人正在发表高论："呢条友认真唔妥，饮咗酒就不要开车啦，几十条人命在他手上，如果在大桥上一个失控冲落海，咁就死得人多了。"另一个年纪稍大的答道："不要太紧张，你读读内容才骂人，呢个司机是前一晚饮喜酒，早上取车开工，但估唔到体内的酒精还未全散，粗心大意而已，与他相撞的那个年轻人才是醉驾，不过，巴士公司要吸取教训，应买几部测酒精机回来，司机开工前吹一吹以策安全。"

世界上哪个民族最嗜酒？目前似乎未有定论，澳洲据说醉酒的人多，有所谓三多：乌蝇、肥婆、醉酒佬，但有人说俄罗斯人最喜欢酗酒。俄罗斯天气寒冷，动辄便降至零下二三十度，所以，六七十度的伏特加是俄罗斯的特产，早前，朋友的儿子到美国读书，同宿舍的俄罗斯人告诉他："在我们那里一个人失踪几天是等闲事，人们不会太紧张的，我家住四楼，一次妈妈吩咐大哥到商店买点东西，结果他一去两天，其实哥哥也没有离开这幢楼，只是那天经过二楼时，天寒地冻，同学兼邻居请他进去喝杯酒暖身，结果两人越饮越多，一醉便两天。"

古希腊有酒神戴欧尼索士，它代表了生命力和放纵，事实也是这样，人们日常循规蹈矩地生活，被理性和道德规范得死死的，内心想干的事想吐的话，饮了酒便无所忌讳了，但有利亦有弊，不容易把握，酒神既代表了浪漫主义，但饮多了便成为破坏社会道德规范的罪魁祸首。

中国的文人雅士同样喜欢饮酒，一旦三杯落肚，诗人便豪气干云了，辛弃疾《破阵子》词云："醉里挑灯看剑，梦回吹角连营。八百里分麾下炙，五十弦翻塞外声，沙场秋点兵。"那种渴望上阵杀敌收回沦陷国土的悲壮之情，尽在"醉里挑灯看剑"六字里面。豪迈的酒诗中，我特别喜欢曹操那首《短歌行》："对酒当歌，人生几何。譬如朝露，去日苦多。"觉得是饮酒诗的代表作，曹操是一代枭雄，挟天子而令天下的，麾下百万大军，自然不豪豪自至。今天如果拿着酒杯，胸中漾着"对酒当歌，人生几何"诗句，这时候谁会想起酒精伤肝那些扫兴的事？

# 留下珍贵的一刻

与年轻人同桌用膳，一道元蹄上桌，正想举筷，忽然发现几个手机正对着元蹄拍照，对于相机先食我不反感，佳肴只是稍迟一点入口而已。几分钟后，桌上那碟元蹄已支离破碎，只剩下一条骨架，但手机群组传来的那碟元蹄依然完整无缺。望着手机里的那张"肉照"，再看看桌面的骨头，忽然觉得一刹那的事，只要把握得好，或者会成为永久的存在，艺术创作何尝不是这样？把感动自己的一刹那记下来，虽然真正的事物可能已经烟消云散，但艺术作品所展现出来的一刻却永留人间。

清风明月，几枝雪地红梅，别人可能毫不在意，但感情丰富的诗人或艺术家，一旦碰到这种情景，他们也像现在为元蹄拍照的年轻人一样，觉得美值得留存，古代当然没有相机，想将令自己动容的一刻记下来，唯有用当时流行的艺术载体，一管画笔或几行诗文。陆游在驿站看到几枝梅花，脱口念道："驿外断桥边，寂寞开无主。已是黄昏独自愁，更着风和雨。"虽不是照片，但我们却凭着放翁的两行文字，重临八百多年前那个不知名的驿站，看到几朵寂寞地长在断桥边的寒梅。

龚自珍晚上在客栈休息，仅仅听到纤夫干活时的号子便奋笔写下这一刻："只筹一缆十夫多，细算千艘渡此河。我亦曾糜太仓粟，夜闻邪许泪滂沱。"同情老百姓的辛劳跃然纸上，今天读起来一样感人。

贝多芬创作《月光曲》也是在令他感动的一刻写成的，他晚上到郊外散步，忽然一阵琴声从一间低矮的楼房传来，他忍不住推门进去，发现弹奏者是个失明的少女，窗外万籁俱寂，月光为郊野的山林河流铺上一层幽光，音乐家所具有的怜悯心，以及被美景激发起的灵感，使他情不自禁地按下琴键，优美的音符源源不断地从他的指间流泻而出，一曲既罢，当少女从音符中醒来时，楼房里已空无一人，原来贝多芬需要匆匆赶回家里，把随灵感弹奏的那首《月光曲》写在谱纸上。

"夫大块载我以形，劳我以生，佚我以老……"活了几十年，总有使自己动容的一刻，把它拍下来、记下来，就算不公诸同好，到年老力迈时拿出来欣赏，相信也是个好节目。

# 接地气

对于植物，能否接上地气，对它的成长是十分重要的，那一次，因为考虑到放长假，担心放在窗台那株细叶榕盆栽缺水枯掉，于是便把它种到空地上，待我放完假回来再移回那个小花盆里。这一棵小榕树是我几年前在墙脚挖来种在小花盆里的并放在我办公的地方，小树定居后起初生长也很正常，但当长到约五英寸的时候，便仿似到了极限，五年来只是树干粗了一点，但再也没有长高了。

放了一个月假回来，兴高采烈地拿着工具想把那株小榕树种回花盆里，可是到那里一看，短短一个月，小榕树已长到我大腿般高了，并且枝叶茂盛，我惊讶得几乎要欢呼，伸手摸着那些碧绿的小叶，我觉得有点内疚，五年来，我以为为它做了不少事，例如准时浇水，太阳在哪里便把它移放到哪里，可说已尽了照顾的义务，可是，我没有想到，它被困在一个远离地面的小盆里几年，原本可以长成参天大树的，可惜因为接触不到地面而全部遗传基因都无法展开，正所谓"食不饱，力不足，才美不外见"，可是就在短短的三十天里，却长高了两英寸。树有多高，根有多深，我相信那些根须已伸向大地的深处，并尽情地吸吮着大地的营养。望着在风里轻轻晃动的绿叶，我仿佛听到小树欢快的笑声，凝视了一会儿我便转身离去，决定让它在大地里自由地成长。

小榕树的生长变化使我想到接地气的问题。从事艺术活动的人是否也应该接触地气？上世纪 80 年代初香港著名的填词人卢国沾，他在专栏里盛赞张学友，当时张学友还是刚出道的新人，但卢国沾却指他一定会成功的，原因是张学友的生活阅历，当时张学友发展不顺利转而去当海员，那个年代有大批越南难民投奔怒海，他回港后告诉作者，说他有一次在海上遇到一个抱着水泡的越南难民，但当海员把他拉上甲板时，便把他抛回海上，因为这个人下半身已被鲨鱼咬掉了，只是求生的本能支撑他继续漂流，一离水面便死掉了，卢国沾充满信心地说：有过这样经历的人，往后任何打击都不会将他击倒，正如所料，张学友红足歌坛二十多年。

# 消失的茶座和罟棚

澳门近十年来经济高速发展，失业率不够 2%，高就业率和高通胀并驾齐驱，美国加息的标准是失业率一达 6.5% 就考虑加息了，原因就是有工开就有钱赚，有钱赚就会多消费，而多消费就会抢高商品价格，于是通胀就会来临，这是十分简单的道理。所以，人人有工开，但又要低通胀，环顾全球看不到有这样形态的地方。这些令人苦恼的问题并不容易解决。而高速发展还会淘汰一些东西，在我视觉里失去踪影的事物起码有两样。第一是茶座，上世纪的 60 年代，可说是茶座处处，最大规模的茶座要数苏亚雷斯大马路，中间有大树的地方当年几乎全是茶座，这些设在马路中间的茶座，虽名为茶座，感觉上是不卖茶的，只卖汽水、花生和薯片等零食，夏日炎炎，坐在树下，四面通风，喝着冰冻的汽水，实在是消闲好去处。像这样简单的茶座，除了这里外，司打口那四档则更大众化，晚上开档，记忆中除了有光管外，也点汽灯，灯光发暗时，伙计取下来打气，每打一下气，灯便突地亮起来，直到充满气再挂上，这些东西现在已没有了，何时消失却没有留意。

而消失得更早的是在南西湾岸边的那几个罟棚，罟棚与大鱼网之间相距约莫三十来公尺，中间靠一条架在水面上长长的窄木桥联系，一旦有鱼落网，渔夫就拿着一支长竹，竹的一头系着一个如小桶般大的小网，走到尽头把大网里的鱼获兜在小网里就往回走，那种姿态有点像马戏班走钢线的艺人一样。罟棚的捕鱼过程，是澳门老一辈摄影家永恒的题材。小时候我有个朋友是住在罾棚的，这些表面看起来低矮的鱼棚，因为架在水面上，就算炎夏，坐着那里也是十分凉快的，所以我很喜欢到他们家里去消磨时间，一天大家正嬉笑闲谈之际，忽然他俩骤然迅速绞起大渔网，网底已有两尾六七斤重的大鱼在乱蹦乱跳了。令我惊讶的是，在一片粼粼波光里，我什么也看不到，他们却神乎其技，看到三十多米外的海面上有大鱼经过。茶座消失了，罾棚也早已退场，而南西湾的海面现在已变成波澜不惊的湖了。

# 小心使用"坚持就是胜利"

坐在往香港塔门岛的渡轮上，虽是冬季，但海风并不凛冽，我喜欢这个小岛的环境，全岛的最高处也不超过海拔一百米，而且四面环海，是观赏海景的好去处。只是路途较遥远，先不说从澳门来香港那段水路，在九龙钻石山地铁出口处乘专线巴士到黄石码头再搭渡轮到岛，也得花近五十分钟。

塔门的码头并不热闹，上岸只需步行两分钟便到"闹市"了，要吃饭或买东西需在此搞定，否则"西出阳关无故人"，错过了就要绕岛回来后才能补充。只走十来分钟便到岛的山腰了，这里也是全岛的中央，往南是下坡步行径，向西就是上山顶的路，友人相邀登山，我因昨晚睡得不好，不想登高，友人说："只有几十米，你以前是运动好手，不是这点路也挨不到吧？"朋友的激将法我不为所动，只说："你们去吧，我在这里休息，最怕上得山来要你们抬我下来。"朋友见我坚持也不勉强，嘻嘻哈哈登山去了。坐在亭子中看着朋友们的登山背影，忽然觉得有点像苏轼在《记游松风亭》说的"此间有什么歇不得处？"的情景，东坡当时也是登山，但走到半山觉得太累便坐下来休息，从而发出"由是如挂钩之鱼，忽得解脱"的感慨。东坡一生屡遭政敌打击，但泰然处之，一个主要的原因是他受老庄思想的影响，杀到埋身的事，也用"不惊大，不鄙小，物至而即物以物物"的态度面对，所以抵受压力的能力特强，这种生活态度与"坚持就是胜利"的原则是背道而驰的，撇开其他事不论，单单是体育比赛，坚持下去就不一定有好处，因为进行运动，当体力即将耗尽时，身体会发出提示，例如肌肉发硬、身体发寒发冷等，这是体力"干塘"的先兆，如果你漠视身体的警告，乱用坚持就是胜利那个原则，往往得不偿失，体力过度透支，犹如拉扯弹簧超越极限，弹簧就会永远失去弹力一样，小则劳损，大则连命仔都玩完。体育活动目的是强身健体，不是拚命游戏，今次输了，回去练足一点他日再战江湖，一点损失也没有，奉行"此间有什么歇不得处？"的态度去运动就安全得多了。

# 英雄出少年

　　近几年香港报章好像少了介绍神童的新闻，以前每隔一段时间，总有记者会在某些角落发现一些神童，于是大肆宣传，有时候更会搬到电视台表演，例如心算与计算器斗快等，内地也一样，但现在这类新闻已甚少见了，有点怀疑那些叻仔叻女是否都成了上网王、打机王了？其实古今中外高智商的人历来都有的，特别是那些小小年纪便表现出众的人更使人难忘。战国时，文信侯吕不韦权倾秦国，有一次他想指派大臣张唐到燕国当丞相，但张唐却以诸多理由拒绝，当时年仅十二岁的甘罗在文信侯家当童工，他说可以劝服张唐接受任务，吕不韦认为以自己的权势也指挥不动他，你只是一个黄毛小子怎会成功？于是大声斥责，结果甘罗只对张唐提起逢战必胜的秦将白起，因得罪谋臣范雎，出秦都七里便被赐死的故事，张唐权衡得失，第二天便乖乖地到燕国任职了。甘罗还顺便要求出使赵国，凭着一张嘴巴，不费一兵一卒说服赵王献上五座城池，这样年少的外交家，历史上相信只有甘罗一人而已。

　　几日前，福布斯公布世界富人排名榜，脸书的创办人扎克伯格以三百多亿美元排第十六位，他创业时只有二十岁左右，只凭一个意念，短短十年间便取得骄人的成绩，富商李嘉诚虽然拼搏了几十年，排名却在他之后。现代科技高速发展，颠覆了许多传统智慧。据报英国招聘空军机师，条件之一便是应征者要十分娴熟地打游戏机，现代空战离不开斗快撳掣，相隔几十公里，由卫星和雷达锁定目标，战斗机师的工作只是揿掣而已，你不会看到敌机中弹爆炸的场面，目标在屏幕中消失了便知击中了，这与打游戏机没两样的。没有血腥，没有哀号，更不存在投降。第一次海湾战争，美伊坦克大战的战果是零对四千，因为美军的坦克杀手阿伯奇（阿帕奇——编者注）直升机，在十多公里外已由卫星锁定目标，一揿掣机上的导弹便直扑对方了，那些坦克兵连敌人在哪里也看不见，瞬间便化为灰烬了。所以，现代战争是揿掣游戏，那些喜爱打机的青少年朋友不要自卑，说不定有一天会大派用场呢。

# 是忠是奸？

我读小四时，班主任要我们表演武松打虎那出剧，不幸我是被抽中要扮演老虎那个角色，当时自己非常不开心，并不是因为怕被武松揍，而是老虎是害人精，是坏蛋，武松打虎，为民除害，赢尽台下掌声，而自己却要扮奸角。

所谓一样米养百样人，人也有忠有奸，但相信没有谁一早便决定要当奸角的，但大奸似忠，辨认不易。就算是"宁我负天下人，莫使天下负我"的曹操，起初也是忠勇过人的，当董卓带领胡兵入驻长安后奸淫掳掠、滥杀无辜时，曹操认清董卓的真面目后，便身藏匕首直到董卓卧室行刺他，但被董卓发觉，曹操机敏，立即诡称是前来献刀的，趁着董卓拿着宝刀还未察觉他的真正意图时立即逃离，假使当时他被董卓捉到杀了，曹操留在后世的名声可能与荆轲一样正面。后来曹操手握大权，摆天子上神台，挟天子而令诸侯，这时候的曹操是奸到绝的。

汉朝第二个皇帝孝惠帝驾崩时，吕后专权，她要封诸吕为王，右丞相王陵反对，但左丞相陈平却表示可以，满朝文武认为陈平是看风使舵的人，没有坚守刘邦非刘不王的遗诏，是奸的。可是，当吕后一死，联合老将周勃发兵诛灭诸吕，扶孝文帝上台，还天下于刘氏的却是陈平。白居易诗云："周公恐惧流言日，王莽谦恭未篡时。向使当初身便死，一生真伪复谁知？"这首诗很有现实性。

中国还有句老话叫盖棺论定，因为死了，已没有机会再变奸或变忠了，这时候对人物作评论是较保险的，但也不一定。2006年报章报道考古界一大发现，就是1970年在埃及出土的《犹大福音》，这部纸莎草纸福音成书约在公元3世纪至4世纪之间，这部现存最早的福音被卡塞尔和埃梅尔两位学者成功翻译，其中记录了耶稣与犹大的对话："你会超越他们，因为你会牺牲我的肉身。"这是表示耶稣准备放弃肉身成为千古圣主，耶稣还说："你将会被后世诅咒。"犹大被视为叛徒被世人唾骂了二千多年，但在这部福音里他俨然是助耶稣成为圣主的人物。所以，是忠是奸看来盖棺结论也未必可以确定。

# 读书有前途

本地有新官上任，报章上列出一大串学历，最低也是学士程度，有些更拥有硕士、博士学位，有学历当然不等于有能力，但那些头衔起码证明当事人肯花精神追求学问。亮出这张履历表，背后的意思是告诉全世界，这个官是专业的、学识渊博的。学历虽然不代表一切，但有高学历当领导是较为能服众的，高学历起码眼光远大一点，知道这个世界不是唯我独尊的。上世纪80年代中，澳门政府颁布一条规矩，规定各部门委任的主管人员需要有学士学位，如果没有学位的则必须要有经验。当时舆论认为，重点是后面那个条件，因为评定你有没有经验只有你的上司才有这个权力，结果不少部门就出现许多低学历但有经验的人当主管了。众所周知，公职系统里每一级都需要拥有相应的学历，唯独主管可以有条件不受学历的限制，这种现象是澳门特产，大概现在已没有这种情况了。

学历当然是靠读书读回来的，撇开功利不说，但读书明理、开卷有益应该是放之四海而皆准的道理，因为许多人生的宝贵经验、历史教训都记在书本里，读书就会知道别人错在哪里，从而避免自己重蹈覆辙。而读书更可以改变命运。在中国历史上因读懂了一本书而改变自己一生的大有人在。张良在桥上遇到一个老人，这个老人要他帮手到桥下拾鞋和穿鞋，张良都照做了，老人见他孺子可教便送他一本《太公兵法》，张良将兵法背到滚瓜烂熟，最后更凭兵法和过人的智谋助刘邦一统天下。另一个是苏秦，他游说诸侯失败而回，全家都嘲笑他，他虽伤心，但不颓废，闭门不出把读过的书再审视一遍，发觉许多书都是没用的，于是选择了一本《阴符》精心研读，结果悟出了许多道理。"罢黜百书，只读一本"的决定是对的，一年后他再出山游说，结果大为成功。

中国古代发明造纸术，可说是造福全世界，人类许多成功和失败的科学探索都由书本记录下来，只要阅读，后人便可以在前人探索的基础上再进一步，甚至在阅读中得到启发从而开创另一个新境界。

# 再年轻一次?

酒宴中，邻座与我年龄相若的朋友忽然说："公荣，如果让你再年轻一次，你会怎样过？"这突如其来的问题，好像我以前也思考过，所以不假思索地答道："国学大师季羡林说过，所谓佛家最高境界涅槃，就是四大皆空，什么也没有的意思。季老是梵文大师，是研究佛经的专家，大概不会错解涅槃的含义。"引用季老的观点，是想指出，人生既不应轻视，但也不应过于眷恋，生生灭灭是大自然的常态。随后宴会开始，场面变得纷乱嘈杂，话题便打住了。

但这个问题一直缠绕着我，再年轻一次，是带着现今年纪的智慧再年轻？好像浮士德那样，饮了一碗魔汤变得年轻，但依然保有七十岁的智慧？还是再年轻时把所有的前尘往事忘掉？如果是前者，那么你再年轻的一刻，你的心中还保留着几十年的生活阅历，人生路上的悲欢离合，应该遇到的痛苦和快乐，你一一清楚，你会预知某时某刻会有什么出现，在哪一天会失去什么，但你不会快乐，例如你明白身边出现的那两个美丽少女，你会与其中一个结婚，但你同时知道自己的选择是错的，是因为她温文有礼是装扮出来的，她真正的面目是善妒和自私，最后自己更因忍受不住她的叨唠以离婚收场，现在你再年轻一次，再次回到选择的起点，你会如何抉择？不要这一个，选择另外一个？但作这样的决定相信也是十分痛苦的，因为你选择另一个，未来固然是未知数，但你这样选择，你本来应该拥有的儿女就不会出现，你重新选择，等于亲手扼杀了那几个你深爱的儿女，你忍心吗？这样的抉择一点也不快乐。

　　如果是忘掉一切再年轻，这与死亡没有多大的分别，道家的轮回就是投胎做人，再开始另一个人生，只是强调你如果想在下一次的人生过得幸福，必须在今生积德行善。这些再生论虽然虚幻，但可以减轻信众对死亡的恐惧。再次年轻或永葆青春是人类内心的渴求，否则那些美容化妆品和壮阳药就不会那样好销路了。庄子说："大块载我以形，劳我以生，佚我以老，息我以死。"这种对生命历程的解释，我觉得来得较为自然。

# 蓦然回首

当我刚退休时，在澳洲生活的大家姐说："你已经没事干了，来我这里住一段时间吧，如果合意的话可以移民到这里，手续我可以替你办。"趁着孩子们放暑假，全家就往澳洲探亲了。

大家姐住在近大堡礁附近的一个濒海的小镇，登高望远，太平洋那片无垠的深蓝，几张白帆点缀，海岸是弯弯的一道白沙滩，而沙滩后面是茂密的树木，精致的民房掩映其间，大家姐的住所就是其中一间。

我喜欢傍晚时分在住所附近的小湖旁踩自行车，丘迟的"暮春三月，江南草长，杂花生树，群莺乱飞"，在这里都是司空见惯的，夕阳轻轻洒落，湖水荡漾着一片碎金，偶然飞来两三只硕大的塘鹅，安详地耍弄羽翼，环境安静得有点寂寞，像猫一样大的鹦鹉在树梢啼叫，算是为这片人烟稀薄的湖畔增添一点生气，陶渊明的"结庐在人境，而无车马喧"大概就是这样的吧？很奇怪，三十多天的旅居生活，心里总觉得有点落寞，要说牵挂，全家都在身边，要说工作放不下，但我刚获批准退休。许多个晚上我睡得并不深，涌上心头的都是澳门的景象：妈阁庙前地的归帆、龙爪角的百鸟归巢、家中那几柜书，还有那杯热腾腾的奶茶，香喷喷的牛腩面……

一个多月后我回来了，像久别故土的游子一样归心似箭。埃及人说：当你饮过尼罗河的水，无论你走到哪里，你总会回来的。黄土高原的人说：当你饮过黄河的水，你会与黄河永不分离。而我不是在澳门出生的，约在十岁时随家人移居澳门，但为何对小城有如此深的感情？小别胜新婚，几十天的分别，使我有机会从不同的角度，一个较远的距离思考我对澳门的感情，坐在室内想不通，我走到街上，踏着我已走了几十年的大街小巷，去寻找我的依恋所在。

走到大三巴，望着这个矗立几个世纪的遗迹，旁边的那所古老大屋，不就是三十多年前我每天晚上背着书包，骑着单车赶往上课的学校吗？当时家境不好，我需要日工夜读，夏天工作消耗体力较大，上课时疲倦极了，课室的风扇一吹便打瞌睡，连眼皮也撑不起，慈祥的老师没有深责，只用手轻叩我的书桌，我睁大眼睛，满脸歉意地跟随大伙念道："明月出天山，苍茫云海间……"

经过西坟马路，那棵树还在，我仿佛看到一个骨瘦如柴的少年，扶着刚在卫生局看完医生的父亲出来，他手上握着那张医生写的贫民纸，可以免费入住医院了，父亲挺着肿胀的肚子，面色青白，经过树下站住了，他望着西洋坟的门口，大概是想到不久之后会长睡在这里，悲从中来，禁不住潸潸泪下，我幼小的肩膀感受到父亲那种激动的颤抖。结肠癌的阵痛使他不能再走了，我捡来一块石头让他坐着，而我顶受着路人投来的奇怪眼光，我必须扶父亲走回家去，因为身上没有钱。父亲入院不久便去世了，我侍奉父亲的最后工作是用小手帕为他抹一次脸，并把他微张的眼睛合上，因为在澳门我是长子，当年我虽然只有十三岁，但一点也不怕，也明白这是我的责任。举殡时，除了母亲和我两兄弟外，只有独居的舅父陪同，长大后才知道这叫作人穷断六亲。

走到议事亭前地，昏暗的灯光照着那些碎石图案，突然记起，几十年前，就在这里，原本是一座昂首挺胸、左手按剑鞘、右手拔剑的西洋军人铜像，有一年，我目睹成千上万的愤怒人群，将粗粗的麻绳套在他的脖子上，百年的屈辱，新仇旧恨化作震天的呐喊，硬生生地把雕像扳倒抛到十六浦那里的海水里，少年的我，第一次感受到民族的怒火。

西湾堤岸的树很整齐，海堤现在变成湖堤了，但那些大理石砌成的堤栏还是那样干净，上世纪七八十年代这里是澳门人的姻缘道，多少个晚上，我与她坐在堤栏上谈天说地，满天的月色助我谈兴。这条姻缘道我走了多年，也成就了我的一段婚姻。

澳门的街道虽不阔大，但这些大街小巷有着许多自己的青春岁月故事，我知道我对澳门难舍难离的就是这些岁月足迹，这些足迹深埋在脑海里，任凭你远游到哪里，它仿似一条强力橡皮筋一样将你牵扯着，你走得越远它的拉力越大。大街小巷更像是一条条纵横交错的线，岁月为梭，将少年的梦、青年时的狂放、中年时的洞彻、老年的淡泊都织进去，牢牢地挂在心灵的深处。当某一天你飞倦了、雄心壮志消退了，当一切世间的功名利禄于你已变成明日黄花时，这条强力橡皮筋就会把你的神魂拉回故土。

从澳洲回来后，我变得温和了，像忽然间磨平了性格中的棱棱角角，更像一位洞悉世情的长者，喜欢站在妈阁庙前，听游客们的南腔北调，更喜欢看夕照满西天。

# 伟大就在身边

周日坐在西湾湖畔休息，眼前经过一对老夫妇，男的体形高大，头虽已尽秃，但红润的面颊证明他身体还算健康，只是眼睛却有一层像白膜的东西，大概是生了白内障，因此需要老伴搀扶着到西湾散步。

这位老伯我是认识的，但他未必认识我，他以前是消防员，70年代中，下环区某商店发生火警，阁楼不断有浓烟冒出，那年代街坊都是守望相助的，大家在消防员未到达之前就想合力扯断阁楼的铁枝把困着的人救出来，可惜没有工具，只有一条指头般粗的尼龙绳，而浓烟很快便把站在阁楼外边檐篷的我呛得难以站立，被迫跳到地上，不久消防员到达，他们用利斧砍断铁枝，戴着防烟帽进去救人，我紧张地站在附近等待，不久，当年就是眼前这位老伯，他头戴消防帽，腰间挂着那把尖锐的消防斧，足踏厚厚的灭火防护靴，浑身湿透地抱着用灰毛毯裹着的伤者从火场出来，而露在外面摇晃的小脚，知道是个几岁大的小孩。旁人问他伤者如何，他只是摇摇头便将手中抱的那个人放进救伤车里，第二天读报知道这个小孩不幸被浓烟焗死了。经过这一次，消防员那个高大的身形，以及冒险救人的行动给我留下深深的印象，后来更想加入消防员行列，可惜最后不成功。

我很想站起来对他说，你当年那个冒着浓烟走进火场救人的形象很感人，但始终没有开口，望着他有点蹒跚的身影很有感触。事实上，人都会老去，许多人在年轻的时候都对社会有很大的贡献，但自己往往视为一种应尽的责任，并不要求社会特别重视，像消防员、治安警员，还有那些整天周旋在病毒之间、在看不见敌人的环境里与敌人作斗争的医务人员等等，这些人为社会稳定、为我们的生命财产安全、为我们能够安居乐业而默默地工作。任何职业都有报酬，但这点酬劳是他们应得的。老了，就像眼前的老消防一样安度晚年，于他而言，大概也算无愧于人生了。其实，就算一个平凡的老婆婆，谁也不会关心她姓甚名谁，但她年轻时倾尽心力养儿育女，在儿女的心中她比谁都伟大，所以，只要细心体悟，伟大就在身边。

# 我家的老信箱

我家的信箱，铁门内是一把小锁，门外是一条仅可塞进信件的约半寸阔的小缝，杂志类的刊物是绝对塞不下的，邮差只好把刊物搁在铁闸上半部的铁栏中间。

其实，近十多年来，投进这个信箱的信件，不外乎是些水电费单之类，再不就是商品宣传单张或立法会选举时的宣传品而已，可说一封亲友的信也没有收过，用信函沟通互诉衷情，仿佛已是一种老掉牙的方法，而且只会在电影、电视中才会出现的道具。随着科技发展，现实中，地域绝不是障碍，现在一个微信、短信或直接拨个电话，即使你远在十万八千里外的天涯海角，也是极其容易沟通的，传情达意既快且准，人们又何必花精神白纸黑字地写信然后再花时间邮寄呢。

只是我家这个信箱，曾经是充满希望的信箱，许多年前每逢月头的五六号，我每日出门或归家必定打开信箱看看有没有邮件的，因为兄长每月都会准时寄生活费给母亲，兄长没有结婚，独自一人在香港打工攒钱，他唯一的希望就是让母亲生活得好，是个孝顺仔，所以，每月一出粮都会准时寄钱来的，母亲拿着儿子寄来的钱可说是喜上眉梢，整天挂着笑容。其实不仅仅是钱的问题，母亲生活简单，所需不多，她告诉我们，兄长的钱她帮他储着，待将来成家立室时用，她这样讲也这样做，当储到一点钱后便整天要我写信给兄长，催促他快点找女朋友，只是在香港找女孩子结婚不容易，多年之后，母亲的愿望由热烈催促渐渐变成一种担忧，挂在嘴边的话是："你大哥不知道找到女朋友没有？他为什么不快点找，今年已四十多了。"

后来兄长有病，收入减少了，信箱的汇单变成时有时缺，起初母亲很担心，整天问长问短的，每天都要亲自打开信箱看一看，当然都是失望的。这样的情况持续了好几年，渐渐她也不再理会这个信箱了。后来母亲因为年纪太大，连身边的人是谁也认不出来，所以兄长病逝的消息我们没有告诉她，现在兄长和母亲也先后作古了，只是这个毫不起眼的信箱，曾经是母亲的希望所在。

# 吐故才能纳新

我年轻时喜爱长跑，起初每当跑了一段距离，往往会出现胸闷的感觉，随后便需叉着腰停下来喘气了。后来一位高人对我说："你步幅不错，节奏感也很好，这么快便没气，相信你未掌握好呼吸，如果吐气未尽便拚命吸气，二氧化碳便会残留在体内，再吸的新鲜氧气便不纯了。吐气比吸气更重要，氧气不足时人人会吸，但吐气要吐得尽便要练习了。"经他指点，我着力改善呼吸，结果速度耐久力大有进步，使我也尝到夺冠的快乐。虽然，那是年轻时代的陈年旧事，只是体内积存废气的事却使我联想到历史的其他方面。

每一个王朝，当发展了一定的时间，皇亲国戚便一大堆，加上不断扩大的官僚系统，这些都不是荣誉性的职位，而是要拿钱来供养的，国库的钱从哪里来？农业社会工商业并不发达，只有向农民开刀了。所以，封建王朝的官吏都视收税为十分重要的工作，特别是发生战事时，更要征粮征税供养军队，杜甫的《兵车行》曰："县官急索租，租税从何出？信知生男恶，反是生女好。生女犹得嫁比邻，生男埋没随百草。"这是对朝廷的沉痛控诉，在马嵬坡六军不发要处死祸国殃民的杨玉环，可知老百姓对皇帝那个枕边人的痛恨了。欧阳修是北宋大官，他曾有奏折给皇帝，指出因为税收太重，丰收之年农民便须吃草根树皮充饥，劝皇帝减税，同时建议屯田，让守边士兵自耕自足以减军费支出，至于皇室的奢侈是封建官僚不敢触及的。

满清到慈禧时也是入不敷出的，为了增收，慈禧就实行捐官的措施，你十年窗下苦，死读烂读通过科举考取到一个进入官场的资格，但有钱人却可以随意买个官来过过瘾，孔夫子的徒子徒孙也奈何不得。越使越大是王朝运作中积存的二氧化碳，但从来是没法自己吐掉的，历史上似乎只有商鞅敢于动这板块一下，当秦孝公支持他变法时，他第一时间便宣布："国君的宗亲没有军功的不得列入贵族名册和享有特权。"秦国因变法而强，但商鞅由于对贵族作出一点限制和打击，当孝公一死，他便作法自毙，被五马分尸了。

# 晾衫

　　将洗好的衫拿到骑楼晾晒，触摸自己家人的衣服竟然有种亲切感，但心中又有点惆怅。晾晒衣服一直是我老母亲做的，三十年来，她几乎每天都提醒我洗衫，若然我回答得慢一些，她便会自己掀开洗衣机看看脏衣服多不多，为了等洗好衫，她宁愿推迟出街，当听到洗衣机发出完成时的哔哔声，她便迫不及待地拿去晾晒了。那种重视、紧张和全心全意，当时我心里咕噜道：晒几件衣服用那么紧张吗？

　　后来母亲年纪渐大，动作也开始缓慢了，过了八十，有一次因为没有气力握紧竹竿，让竹竿从三楼掉到停车场，幸好当时停车场没有车，否则碰花别人的汽车便要赔钱，我一怒之下拒绝让她再晾衫，她好像失落了什么似的，整天不快。我拿回晾衫权后，坚持不了几天，因为我俩日间要赶返工和照顾孩子，往往要到晚上才有时间晾衫，不用几天晾衫权便交回给老母亲了，一切又恢复原状。可是渐渐她已分不清楚衣服晒干了没有，总之早上晾好衫，睡过午觉后便去收衫，就算是七成干也照收无误，我埋怨道："衫还未干，你不要这么快便收回来。"她十分委屈地辩解道："已全干了。"我没有再争辩下去，自己抱着半干的衫重新晾到竹竿上，她望着我的动作，像泄了气的皮球一样躺回床上休息。可是当我不久买东西回来，她已经将刚才我重新晾好的衣服全收下来，并且折叠得整整齐齐地放到沙发上了。我这才突然惊觉老母亲除了肌肉触觉不敏感外，连时间感也没有了。后来气力更差，洗好的衣服放在盆里，需要家中其他人帮手拿到骑楼，然后她才慢慢走那里去晾晒。这时候她生活的所有意义仿佛只剩下晒衫和收衫两个动作了。

老母亲的晚年，对子女已没有要求，除了到阿婆井树头看小孩子放学消磨时间外，还能继续帮助子孙和这个家庭的便只有晾晒衣服，虽然细小，但毕竟是她晚年的全部心血，当时我竟然一点也不懂得体谅和珍惜，还曾粗野地剥夺了她视为最重要的工作。今天虽有感悟，但已没有机会在她跟前说声对不起了。

# 武汉·神农架行

## 初登黄鹤楼

武汉是春秋战国的荆楚所在地，春秋战国共历五百年，充满了竞争，那些用战火和血泪铸造的历史，是华夏文化的根底。到武汉当然要到黄鹤楼，现在的黄鹤楼气势恢宏，但已经不是矗立在江边了，它在1985年重修开放的，可能是长江淤泥堆积，也可能是人为填江取地，黄鹤楼已在闹市中心了。

诗以楼存，楼以诗存。崔颢的"昔人已乘黄鹤去，此地空余黄鹤楼"成了这栋名楼的标志，加上李白"眼前有景道不得，崔颢题诗在上头"的大力褒扬，便使崔诗成为不朽，也使得那些后进不敢再乱题。事实上人们登楼，望着眼前的美景诗兴便油然而生，压也压不住，只是写起来没有崔颢写得那样好罢了，但写了自己欣赏或者朋友间互相唱和也是一乐也。李白说"有景道不得"，其实他也有诗写黄鹤楼的："故人西辞黄鹤楼，烟花三月下扬州。"不是在写黄鹤楼吗？只是不知道这首诗是写在崔诗前或者崔诗后。这容易理解，等于王羲之写了《兰亭集序》，并没有减弱历代书法爱好者对书法艺术的追求，依然是名家辈出。

但有一个高水平的作品在那里，作家便得自我揣度了，自己写同样的东西能否将那首名作比下去？否则献丑不如藏拙，另辟蹊径找出路更好。事实上崔诗："黄鹤一去不复返，白云千载空悠悠。……日暮乡关何处是？烟波江上使人愁。"那几句实在发自肺腑，你可以超越吗？识英雄重英雄，李白感慨万千，一句有景道不得，使得世人永远记住自己的大度，反正自己已是名闻天下的诗人，多一篇不会增加多少名声，李白是聪明的。

文化人或作家都知道，这个世界不是你一个人的，就算大文豪也不会篇篇都是佳作，所以苏轼到了滕王阁，也是什么诗文也不写的，因为初唐四杰王勃的《滕王阁序》是骈文的经典——"落霞与孤鹜齐飞，秋水共长天一色。""穷且益坚，不坠青云之志。"写情写景已臻化境，对着这篇千古美文，东坡不肯落笔再写什么，而是费尽心机将《滕王阁序》重抄一遍，因为东坡除诗词外，他还是书画名家，以己之长巧妙地配合千古奇文，而这篇墨宝龙飞凤舞，已成为滕王阁的镇阁之宝了。

## 荆楚多英豪

导游还在详细地解释黄鹤楼的历史，我看看腕表，还剩四十分钟，便悄悄地独自登楼了，因怕不够时间浏览。到黄鹤楼，我要的是一种登楼的情怀和感觉。年轻时读李白的诗："我本楚狂人，凤歌笑孔丘。手持绿玉杖，朝别黄鹤楼。五岳寻仙不辞远，一生好入名山游。"觉得诗人洒脱豪迈，想学，当然不是学他写诗，而是学他那样拿着竹杖遍游名山大川，但几十年过去了，五岳只到过泰山和嵩山，至于三大名楼也是在近年才到滕王阁和黄鹤楼的，至于岳阳楼则不知道何年何月才会到访。

黄鹤楼楼高四层，楼梯不宽而且是级差较大，所以走起来特别费力，左梯上而右梯落，但许多游客不按指示上落，相遇时大家便需侧身而过了。在四楼的走廊俯瞰武汉市的景色，尽是高楼大厦，已难领略崔颢诗中"晴川历历汉阳树"那种诗境了。市内车水马龙，一片兴旺景象。登楼眺望，思绪却像长上了翅膀，飞越清、明、元、宋、唐、汉、秦，进入春秋战国那个纷争的年代。这个楼头极目所至的地方，正是古楚国的核心地带，楚作为一个大国，明君、昏君，奸臣、忠臣交互出现，上演可歌可泣令人击掌或扼腕的历史，楼廊倚栏，眼之所至曾经的古楚天下，曾经养育出伍子胥、屈原、项羽等豪气万丈的历史人物。就算一些人物不及他们那样大的名气，但一言一行，读过也使人难忘。齐桓公当春秋霸主时，便曾组织九国联军攻楚，理由是楚不向周天子进贡包茅，以及责怪楚国让周昭王南巡时翻船浸死了。这种牵强的讨伐理由是明屈楚国的，面对联军压境，楚大夫屈完不卑不亢地对齐桓公说："君若以德绥诸侯，谁敢不服？君若以力，楚国方城以为城，汉水以为池；虽众，无所用之。"听了屈完那席铁骨铮铮的话语，齐桓公知道很难使楚屈服的，最后只有放弃攻城，与楚签订盟约便撤退。

一阵清风吹来，忽然记起宋玉的《风赋》："夫风生于地，起于青蘋之末。侵淫溪谷，盛怒于土囊之口……"宋玉是屈原之后的另一位伟大的辞赋家。这片楚地，除了武将了得外，文化方面更是非同小可。


# 一睹勾践剑

在距黄鹤楼约五分钟脚程的地方有一个小剧场表演楚地文化，剧场可容一百人左右。我们坐在第一排，面前的小茶几放着一杯绿茶，揭开盖子，嗅之，一阵清香。表演开始，在我左前方放着一列编钟，身穿古服的年轻人拿起五英尺长棍，来回敲打编钟，发出的音符前音未断，后音相随，清越悠扬，舞台上四个年轻女子穿着古服翩翩起舞，而舞衣刻意露出纤纤细腰，一片歌舞升平。这才明白帝王们为何那样拼命争权夺位，因为一旦拥有权力，除可以号令全国外，还可以左拥右抱，享受无尽的美酒佳肴。忽然之间，仿似参透古代历史一切纷争的源头。

楚国这个地方，因为女色引发的故事数不胜数，尤其是后宫争宠，更是层出不穷。楚怀王的老婆郑袖妒忌心特重，魏王送了一个美人给楚王，怀王十分宠爱她，郑袖表面上也对这个美人很好，不时送衣服和珍宝给她，只是闲聊间对那个美人说："楚王喜欢你，但不大喜欢你的鼻子，你见楚王时最好用衣袖遮着鼻子。"初来乍到的年轻美人，哪里会提防眼前这个笑脸人？于是当楚王召她到身边时，便经常用衣袖遮掩鼻子，楚王问郑袖，她为何老捂着鼻子？郑袖小声回答道："她说你有体臭。"楚王一听大怒，下令近侍把美人的鼻子割掉，郑袖工于心计，事前已吩咐太监，只要楚王一发令便立即执行，所以当楚王叫割鼻子时，太监便手起刀落，迅速完成任务，美人瞬间变成一个五官不全的废人。

武汉博物馆有许多难得一见的出土文物，因为博物馆很大，花一整天也看不完，而我们只有一个小时参观，所以一到馆便问工作人员，越王勾践剑在哪个展室，知道方向后便直奔目的地了。望着这把黑色、褐色花纹相间的勾践剑，二千五百多年过去了，剑锋依然锋利无比。剑静静地躺在玻璃箱里，我绕着箱子走了几圈，想到当年握着这把剑的双手，为了复国大业，如何忍辱负重、卧薪尝胆，成功后，又怎样"狡兔死，走狗烹"，残忍地把复国最大功臣文种送到地府。

武汉之行，就算其他什么节目也没有，仅就一睹这把勾践剑，我认为已不枉此行了。

# 比赛快感不易得

在众多体育竞赛中，我认为田径场上是最没有仇恨的，足球比赛，有时候也有些"符辘"波，无端端让球滚进球门内，又或者后卫救球心切摆乌龙射死自己。但田径赛场上，一百米就是一百米，五千米就是五千米，落场比赛，各有各跑，有本事的尽管把对手甩开。至于跳高，更不受限制，你要将横杆调到多高都可以，跳不过只能怨自己，输了也输得口服心服，这是田径赛好玩之处。

1981 年澳门首届马拉松比赛只有四百多人参赛，但今年的国际马拉松有破纪录的八千多人参加，证明这项运动越来越受欢迎。我年轻时是个长跑发烧友，对长跑虽情有独钟，只是从来未跑过全马，现在想跑已力不从心了，于我是一份遗憾。参加长跑赛感觉很特别，当你练习足够时，在赛道上逢人过人，那种不断超越他人的快感无与伦比。只是要拥有这样的质素，不是简单地每天几圈松山便可以得到的，当然你志在参与不计胜负则是另外一回事，但如果你有夺冠野心，则必须拥有速度耐久力，一日未练好这种耐久力，可以说你赛十场便输十场。运动场上绝对是付出与收入相符的，尤其是长跑比赛，不会有侥幸的机会，站在起跑线，无贵无贱，人人平等，起步枪声一响，你当然可以要跑多快便跑多快，但你必须保留体力回到终点，而且要与对手争冲线，这是比赛的最高学问，稍有差池便会前功尽弃。1980 年有一次三岛赛，由路环跑回南湾旧工人球场冲线，当跑到旧大桥时第一集团只剩我和另一个姓何的选手，但他穿着一双很薄的运动鞋，凭经验，知道落大桥斜坡时他不可能跨开大步跑的，我们一齐到桥顶，但因为我穿着厚厚的气垫鞋，于是迈开大步向下跨，很快便把他甩开几十米了，冠军在望，心中一喜，便扭头想看看他被甩了多远，可是这么一扭，我整个腹部突然疼痛不已，几乎跑不下去，只是因为把他甩得太远，他看不到我那种痛苦模样，经过放慢速度调整，肚子疼痛减弱，我才重新加速冲过终点。跑了四十多分钟，只是一个小错误几乎前功尽弃。

# 夏虫不知秋冬

在路环步行径行山，一只透明的蝉壳挂在树干上，蝉，这个常见的昆虫大家都不陌生，成语"金蝉脱壳""螳螂捕蝉，黄雀在后"等。无论在日常生活或文学作品中，蝉都经常出现，其实那个鲜活的生命的主体已经完成它的生命周期了，肉体肯定早已化为泥土或成为其他昆虫的腹中物，但自然界中没有一样东西是多余的，你依赖我，我依赖你，环环相扣组成我们这个大千世界，当中更难分善恶。这只蝉壳使我想到夏虫，庄子说："朝菌不知晦朔，蟪蛄不知春秋。"蝉大约就是蟪蛄类的昆虫，只活一个夏季，当秋冬来临之时便到生命的终点。在人的角度来看，它是何等短暂，但相对朝菌那些活一个早上的微生物来说，则又是何等漫长！所谓尺有所短，寸有所长。大自然中的生命长短并没有一个标准，寿命长短，大概人类是以自己的生命周期为参考坐标的。

在蝉的眼中，肯定没有强劲的北风，更不会碰到那些令人颤抖的风雪了，如果蝉有意识，它眼中的山岭相信永远是青绿可人的，这是生命长短局限了生命体的视野。我们人类个体生命终其天年，也不过一百年左右，这已是寿命的极限了，这一百年间就算拚命去追求知识，其实得到的也是极为有限的。所以庄子干脆劝人别去追求，指出"以有涯随无涯，殆己！"认为那是不划算的行为。但实际上人类并没有害怕，而是一代接一代孜孜不倦地追求，得到的知识、经验便刻在石头、骨片上，或记录在书本里，后人便在前人探索的基础上再研究、再迈进，近代科学的飞跃发展便是一个很好的例子。而随着知识的累积和新发现，人类则不断地修正自己的错误。

科学家指出地核中炽热的熔岩正在逐渐冷却，四百万年后便没有一点热量了。这个末日的消息却没有引起人类的恐慌，连关注的新闻也很少。就个体生命来说，四百万年是个何等漫长的日子，喜爱把"人无远虑，必有近忧"挂在嘴边的中国人，也不会忧虑那么久远的事，因为活着活着，人类总会发现一些新的趋吉避凶的方法。

# 无爱无忧

升降机里贴着一条劝世文一样的标语:"因为心中有爱,忘却一切忧愁。"看了那条标语,直觉得如鲠在喉,不吐不快。这个世界上活着的人大概都有一个目标,就是希望过无忧无虑的日子,没有忧愁几乎与幸福等量齐观。但想深一层,觉得现实生活中的情况却不是这样的,许多时候正是因为爱,或者太爱所以我们无时无刻不充满了忧愁。人世间最深、最无私的爱应该是父母对子女了,怀胎十月暂且不论,就以孩子到了两三岁,为了这些小豆丁找幼儿园也够你忧心忡忡了,既怕找不到学校,更怕找不到心仪的学校,于是提前彻夜不眠在学校门口排队,这种牺牲的背后,正是对孩子那份深挚的爱,忧虑孩子没有一个较好的环境学习,会在将来充满竞争的社会中败下阵来。到成功入学,忧愁也是没有一刻会减弱的,为了孩子做好功课考好试,就算自己多忙多累,也伴着孩子在灯下温习做功课,如果不是因为爱,谁会不眠不休陪伴孩子读书?到了孩子上大学,忧虑会减少吗?俗语说:又怕孩子养不大,又怕孩子会学坏。忧健康、忧安全、忧学业,身为父母,一生都充满了牵挂。看那些抱着孩子从叙利亚逃亡到欧洲的难民,哪一个不爱自己的孩子?抱着至爱在波涛汹涌的大海中浮沉,你说他会因为心中有爱所以忘却了忧愁,真是"找鬼信"。中国有一句老话"养儿一百,长忧九十九"才是最贴近人情世故的。

到了自己长大成人,父母已一把年纪了,绝大多数的子女，眼看父母本来矫健的身影，慢慢变得举止迟缓了，白发也日渐增多，面对父母的衰老，那份忧虑和伤感，很难说得清楚，但长系心头。儒家提倡父母在，不远游，就是希望能留在身边照顾他们，另一面则希望不要让父母担忧。

人的一生中，最无忧无虑的日子，我认为大概是开始懂事到二十岁左右那段时间，因为这个年纪对爱感知不太深，父母也健在，较少机会经历生离死别。释家说：不三宿桑下，意思是怕对那棵桑树日子久了会产生感情。所以，这个世界上要摆脱忧愁，唯一可做的是忘掉爱！

# 永存心间的事

一到元旦、春节等节日，手机不时会收到朋友或者朋友的朋友在网上寄来的祝福语，简单的是祝您节日快乐、身体健康之类，但也有些不想太俗套的，选择一些进取型的鼓励说话，例如："送走2015，让我们携手共同迈进2016吧！"其实你迈不迈进2016，2016年还是会来到的，这些话就有如在茶楼碰到朋友说道"你来饮茶呀？"一样多余。手机上看到这样一句话："无论如何旧事已过，都变成新的了，2016就要忘记背后……"意思大概是鼓励人们将以往的开心和不开心的东西全放下，以一个全新姿态迎接新一年的到来。但我不大认同这句话，因为成熟就是代表你经历多，如果你忘记得2015，也即是会忘记14、13、12……什么都忘记，最后就会返回到婴儿的年代了。

其实人生中快乐的事情不会留存得太久的，所谓刻骨铭心，基本都是些痛苦的经历或伤心的事，这些事绝不会随着岁月的更迭而忘记。

我母亲年前以九十七岁的高龄去世，算是长寿了，她躺在医院里，虽然不会记得眼前人的名字，但知道都是自己的子孙，当我与她独处时，她求我道："你带我回家吧，这里的水不好饮，家里的井水才清甜。"我知道她口中的家不是澳门的家，而是故乡的老家，祖屋有一口十分清甜的老井，她未患老年痴呆症的时候，曾经要求我送她返乡下，但我们全在澳门生活，回乡谁照顾她？不过我知道祖屋对她的意义，我们兄弟姊妹全在那里出生，屋中既藏着老母亲半生的辛劳，也深藏着子女成长给她带来的欢乐和期盼。望着她枯瘦的面庞，我只敷衍地说："等你医好了病再带你回去吧。"然而，当天的午夜她走了，赶到医院，母亲双眼紧闭，至亲遽然逝去，那种痛苦、遗憾和内疚难以言说。在我的孩子面前，我最后为母亲做的，只是以指为梳，为她梳理好那把杂乱的白发。我没有号啕大哭，但泪水却从心底里涌出来。这些痛入心扉的事，换了一个年号就能像删除电脑档案一样删掉吗？我相信就算再过十个、二十个新年号也不会忘记的，直到我生命结束。

# 心远地自偏

那次到黄山，因为山头雾浓，著名的迎客松只是一个朦胧的树影，后来更下大雨，那时候便什么也看不见了。那次黄山游有一个印象至今清晰，当时我随人龙往下坡的石级路走，忽然人龙停下来了，原来前面有一个挑夫，他伸出扁担拦着跟前的女游客，坚持要她留下十元才让她通过，争吵间听出一个大概，起源是那个女游客见他挑着东西很特别，举起相机便拍，但挑夫认为未经他同意拍照是侵犯了他的隐私，坚持要赔偿，周围的人议论纷纷，有声音埋怨那个女人连十元钱也舍不得，太吝啬，也有人骂挑夫拦途要钱太霸道，最后有个导游送上十块钱解决了问题。经过挑夫身边，他个子不高，四十岁左右，背心全是汗水，他的拐杖齐肩膀高，休息时把担子搁在拐杖叉子上，免了再起动时要蹲下那道程序，省力多了。他右肩的膀子上隆起一块如叉烧包般大的肉瘤，一看便知道是扁担磨出来的赘肉，看到这个模样，心里便生起一丝同情。

我们千里迢迢到山区欣赏美景，但住在僻远山区的人，因条件限制只有靠山食山，然而大多都是些出卖气力的活儿，现在城市人见惯繁华，许多人向往农村的宁静，但山村的人却千方百计要到城市碰机会、谋发展，特别是年轻人，就算故乡景色如画也留不住他们的青春倩影，因为除了经济原因外，年轻人还渴求多彩多姿的文化生活。繁华、宁静孰优孰劣？虽各执一词，但现实中却是环境清幽的农村留不住人的。年轻时我常常到香港远足，西贡许多较偏僻的村庄人丁稀少，有些更是一个村民也没有，经过这些荒废的村庄，想到村庄的祖辈们倾注了不少的心力才形成村落，但儿孙辈却弃之如敝屣，而且复建无期，悲凉感油然而生。陶渊明诗云："心远地自偏。"人们往往注重外在的宁静，而忽略内心的平静，其实心灵平静的层次更高，汉武帝时东方朔唱道："陆沉于俗。避世金马门。宫殿中可以避世全身。何必深山之中蒿庐之下。"在充满明争暗斗的权力中心避世全身，丰衣足食，那种避世方法在历史上堪称一绝。

# 澳门一半是填出来的

自从西湾湖建成后，我晨运就在那里进行，因为出家门走到那里只需十来分钟，不必驾车从妈阁跑到松山活动。松山三十三弯跑道，那个我年轻时留下不少脚毛的地方，渐渐变得陌生了。那天上松山散步，阳光从浓荫的树叶间洒下来，干净的路面闪动着斑驳的光影，经过身边的跑步者，微弱的喘气声、轻盈的步幅和那身结实的肌肉，充满了活力，我仿似看到自己年轻时的身影，心里顿时生起一种温馨亲切的感觉。

站着向外港码头方向远眺，港珠澳大桥澳门站的填海工程已颇具规模了，这个地方，正是上世纪六七十年代工人泳棚的所在地，而离泳棚不远的断基和灯塔，踪影全无，相信已经被埋到沙堆底下了。可以想象，几年之后这片沙丘肯定会出现另一番新景象，沧海桑田，变化才是永恒。

住惯城市的人向往简朴的乡村，而住在乡村的年轻人却总是想挤入城市生活，这是无法调和的现象，有城市被迫爆，却从来没听过农村有人满为患，所以，可以说想入城的人一定多过想出城的人，世界许多大城市因此需要不断地扩容，以容纳不断增多的人口。有些人什么投资也不懂，却因城市扩容而赚了大钱。朋友的亲戚住农村，改革开放初期移民到美国华盛顿，这位老乡只懂农务工作，于是便在华盛顿郊外买了一块荒地种菜谋生，干了约十年，他那区又发展成为新城区了，地产商出高价收购他那片菜地，他满袋美金衣锦还乡，村民问他做哪行生意赚大钱，他笑着说是种菜赚回来的，村民还以为他在耍他们呢！

澳门没有可扩展的空间，只能靠填海造地，除了现在何贤公园和生锈铁那里，老居民称之为新填海的那片地方不计算外，我亲眼见到较大规模的填海造地有三次：第一次填海约在70年代末，即最近闹得沸沸扬扬的海一居地盘那里。第二次是80年代中皇朝广场一带，即现在永利、美高梅等四大博企的所在地。第三次是90年代初开始堆填路氹之间的泥沼地，即今天金光大道那里，按可用面积计算，澳门几乎有一半土地是靠填海填回来的。

# 司打口的旧风景

踏入 21 世纪，知道政府要把司打口那些简陋的建筑物拆掉建公园，我利用中午下班的时间到那里为几棵老树拍照留念，明白铲泥机一开动，这几棵老树就难逃一劫了。阳光从树叶间投射下来，四十年前这棵树下是个出租单车的档口，而且还有康乐棋出租，花一角就可以打上一个小时。多少个阳光的日子，我和同屋的小朋友，常常在树下玩得乐而忘返。

司打口除了这个单车档外，还有四个茶座，夏日晚上茶座灯火辉煌，上世纪 60 年代初，大多数市民都是租房一族，雪柜是奢侈品，就算有钱买，逼仄的房间也很难放得下，街坊食过晚饭，有余暇便携老扶幼到茶座消遣，花几角买汽水，再点一碟花生便可享受牛角扇吹来的凉风了。同屋那几户盲人住客，抱着月琴，由小女儿扶着到茶座弹奏，然后逐台向客人讨赏钱。我与同屋的小孩子们也经常跑到那里追逐嬉戏，倦了便回家，那时的家中连一部收音机也没有，除了吃饭和睡觉外，可以娱乐的东西一点也没有。

那年代的小孩子不是人人都有机会到学校读书的，但要打工却随时可以，所谓打工不外乎是当学徒而已，不读书的同辈朋友仔，不是学电器便是学做家私等手艺，一些则去学做樟木笼（柜）。当年因为渔船多，船上机器需要维修，所以机器铺特别多，也需要许多学徒，各种手艺，一般学三年便可满师了。但不知何故，我父母并没有送我去学一技傍身，而是直接送我到新马路一间百货店当小伙计，那间百货店是卖恤衫西裤的，我的工作主要是爬上阁楼，按售货员的要求取下衣服便可以了，两餐一宿全在店铺里，每天早上十时开铺，晚饭后八点收铺，但关铺不等于收工，我需要在铺里放张帆布床睡觉兼看铺，当时并没有任何保护童工的政策，按现在的劳动标准计算，我每天的工作时间应是二十四小时，至于薪金是多少已记不起了。这份工不是辛苦，而是十分挂念家人，总想回家。所以，干了约十天，实在忍不住便径自跑回家，无论父母如何又劝又骂，我坚决不肯再返回百货店。

# 煎蛋卷

约五十年前，我进入澳门第一间学校是间英文书院，位置在高楼街与西坑街交界处，名字好像是叫作圣约翰书院，旧址现在已经建成大厦了，不过我不是到那里读书，而是到校内的小卖部卖东西。圣约翰是间寄宿学校，据说这间书院专收一些在香港不太听管教的青年人的，因为他们的父母管不了，才送他们到澳门读寄宿学校。

第一天上班，小卖部即将离职的球叔对我说道："阿荣，你要记住，只要下课铃一响你便要关好小卖部的门，只打开那个小窗做生意，记住要先收钱才交货。"果然，下课铃一响，由二楼、三楼奔跑过来的脚步声由小变大，最后像一道巨浪刮到档口前，二三十只手举着钱向前伸，有人嚷着要可乐，有人嚷着要薯片，只见球叔慢条斯理，收了一个人的钱，便把一瓶可乐或一包薯片交到那只五指张开的手上，收钱、交货有条不紊地进行。当上课铃声一响，那些在空中伸着的手便无可奈何收拢起来，只消十来秒，档口前便空无一人。收工时，球叔问我明白未，我拼命点头以示领会。第二天我开档，下课铃声一响便赶紧关好门，人潮如昨天一样很快刮到小卖档前，我按着昨天的模样先收钱才给货，忽然一个大哥哥从小窗口爬进来，对我说道："哥哥仔，你太慢了，我来帮你卖。"我拼命赶他走，但他并不理会，并且迅速地将汽水、薯片等零食交到如饥民一般的手上，有人拿了货放下钱，但也有人拿了货即速闪，上课钟声一响，这个临时助手也就迅速跑掉了。稍微盘点，卖出了不少货，但钱却少收了许多，我知道这种局面我很难应付，第三天便不干了。

澳门上世纪六七十年代，蓬莱新街、清平直街是首屈一指的手信街，我住在近在咫尺的夜呣街，近山食山，不久便到蓬莱新街一间饼店学煎蛋卷，这是计件工资的行业，手艺很简单，三天便学会。这份职业很自由，勤力一点则多赚一点，但想玩的时候随便去玩，这个时期，我一天往往只开两个小时的工，其余时间便去钓鱼、游水或打乒乓球。当年只要我自己搞定两餐，父母也甚少管我。

# 青山多妩媚

周日到路环黑沙海滩，途中忽遇倾盆大雨，唯有把车停在黑沙村路旁暂避，雨势稍歇，我透过车窗外望，可能因为气压低，天上的白云仿佛突地降了下来，如轻纱一样绕着村后那两座小山缓慢地飘动，山腰矗立的两个凉亭时隐时现，山顶则全藏在云雾里，整个山色好像一座放大了的盆景，几十年来我还是第一次看到这样充满灵气的山色。澳门有郊野味道的地方相信只有路环而已，这些小山，我年轻时也不知道爬过多少次了，特别是那块山腰的苹果石，拔地而上有几百英尺高，爬到那里已气喘如牛了，满身大汗地坐在石前休息、喝水，山风习习，远眺黑沙村和宽阔的海滩，大有"五百里滇池奔来眼底"的感觉。

稼轩《贺新郎》词云："我见青山多妩媚，料青山见我应如是。"稼轩的词豪放，但这个只是他豪迈的愿望而已，相对人的生命来说，青山可称得上千古不变的，但人呢？如果青山能言，它将会告诉我们多少人生变幻的故事？上世纪70年代至今的几十年间，考古学者曾经先后在山脚下，挖出了不少新石器时代的石斧、石锛、砺石和玉芯等古物，证明几千年前先民们已在这条背山面海的渔村生活了。远古的原居民举目所见的山山水水，相信与我今日见的相差不大，但四五千年以来日出日落、潮涨潮退，黑沙村换了多少代人！青山妩媚，但人却像走马灯一样，在山脚下上演着许许多多的生离死别。我第一次到路环是上世纪的 60 年代，接近半个世纪过去了，所见的山岭一点也没有变化，但我已由一个少年人变成满头白发了。所以，我认为杨慎的"青山依旧在，几度夕阳红"的词意更切合人的心境。

澳门的确是个很美的小城，除了有这些小山和小村外，还有竹湾和黑沙两个海滩，氹仔单车径侧，近莲花大桥那一段海旁现在已长成了一片高高的红树林，黄昏经过，那种百鸟归巢的喧哗，又重现当年龙环葡韵前那片红树林的热闹风貌。不过，最重要的是失业率低，经济稳定发展，所谓景由心造，如果为两餐忧心忡忡，再美的景色也不会有心情欣赏的。

# 假如李白有 iPhone

　　江淹的《别赋》云："黯然销魂者，唯别而已矣！"离别，特别是至爱亲朋要远行，总会生起依依不舍的伤感。不过，现在无论是在码头或者机场，哭哭啼啼的送别场面已经很少见了。童年时在农村第一次与亲人分别，印象很深，那年我大哥要到外地教书，母亲当然是"慈母手中线，临行密密缝"了，还有整晚叮嘱各类事项。到出发那天的深夜，已记不起是哪个时辰了，总之是我睡得正甜的时候，姐姐拍醒我，说大哥要出发了，于是三姐用单车载着我，大哥则搭着二姐，两部单车仅靠微弱的车头灯在黑暗中向渡头进发，大约二十分钟车程便到达邻村的渡头，渡头在村外的江边，昏暗的灯光下有一个小码头，靠岸泊着一艘街渡小舢板，大哥迅速登上小艇，挥挥手说道："回去要小心啊！"船夫用橹一撑，舢板很快便隐没在黑暗中了，而远处隐约可见一艘大客轮的灯光。这是我第一次与家人分别，而且是在一个孤寂的码头。

　　其实，一切离愁都是因为地域远的缘故，特别是古代，一个地区与另外一个地区，相距很远，这远是与交通工具水平连在一起的。例如战国时燕京到咸阳，路程千里，马车也要走两三个月，此外路上不安全的时候居多。武松景阳冈打虎，说明古代山林间常有猛兽出没。还有就是古代的陆路交通不畅通，许多时候是利用水道的，水道运输风险更大，随时会有沉船的可能，所以一旦离开，就很少有机会重返故乡了。苏轼和弟弟苏辙离开眉山故乡后，只在父亲苏洵去世时两兄弟护灵柩才回过故乡一次，之后便没有再回去的记录了。可想而知，当年与亲友话别，大家心中都明白，此地一别，可能以后没有机会再见面了。现实是这种情况，所以离别哪有不伤感之理？同时你就算避得开猛兽也未必避得过人祸，因为路途上许多时候都会有强盗拦途截劫的。

李白赠汪伦诗云："李白乘舟将欲行，忽闻岸上踏歌声。桃花潭水深千尺，不及汪伦送我情。"假若李白和汪伦都拿着智能手机，相信什么离愁别绪都会大打折扣的。

# 优胜劣败

　　亚视关台，许多人都在惋惜，怀念它以往的光辉岁月。关门大吉或者苟延残喘下去，于社会影响不大。其实何止是公司会出现这种情况，一个国家，一种文化或一门哲学，都会经过发展三部曲：朝气勃勃—鼎盛—衰败，这些例子多到举不胜举。近年欧债危机影响全世界，而以希腊为最伤，欠下几千亿欧元，而且债务越滚越大，整个社会动荡不安，为了向国际货币基金组织借债度日，任何苛刻的条件也得答应，但这等于饮鸩止渴。我们知道，希腊是整个欧洲文明的发源地，苏格拉底、柏拉图和亚里士多德等先哲，曾经谱写出多少辉煌！然而祖先的辉煌不等于子孙也辉煌。

　　公司是现代社会的产物，创立一间公司当然是以赚钱为己任，没有股东会花钱组织一间公司去经营派钱业务的。你成立公司，自然是看到商机在那里，或者自己研发的产品估计市场会接受，但产品出来了，起初可能是举世无双的，例如乔布斯创造的智能手机，只是俗语说："鼻屎好食，鼻窿挖穿。"所以，很快便有人入行了，入行的人一多，竞争就会愈演愈烈，当你的产品独占鳌头不久，同类型的产品就会横空出世要分一杯羹。这种状态历来是如此的，也是畅销产品必然之路，苹果被三星逼到墙脚，但三星登上智能手机的销售额一哥的宝座还未坐稳，便要面对中国的小米的进逼了。如果三星应付不了苹果和小米的挑战，随时会步诺基亚、摩多罗拿（摩托罗拉——编者注）等流动电话巨擘的后尘。

最理想是封存自己的技术，变成我有人冇的局面，但怎样维持技术垄断？这是一门高深学问，最成功的莫过于可口可乐的配方了，几十年来没有一个人成功地偷取到这个配方。18世纪的欧洲有许多公会组织，这些行业公会规定入行学师的条件，例如英格兰便规定每个做帽子的师傅不可以招收超过两个徒弟，一旦违规，每月要罚五英镑，以此排除因太多人入行削弱利润。只是现在全球一体化，贸易壁垒早已被打破，已很难绝对垄断市场或垄断技术了。进入竞争的时代，而竞争只有一个结果，那就是优胜劣败，虽残酷但无人可以摆脱。

# 流水不腐

最近做体检，医生对我说："李先生，你的体重超标，血脂也高，除了吃点药外，要多做运动，否则这样肥胖下去，许多疾病都会不请自来的。"自己为生活奔波了几十年，现在儿女都长大了，属于放下担挑的时候，却要准备与亚健康为伴，心里着实有点不甘。自己年轻时有副强健的体魄，不知什么时候已经消失得无影无踪了。

我从小便十分喜爱运动，上世纪 60 年代正值我的青少年时期，澳门的乒乓球运动十分蓬勃，所以，一有空我便到街坊会、工会等社团去打乒乓球，只是几年之后，揽镜自顾，发觉右胸比左胸大，打球那只手粗壮结实，另外一只却瘦得很，担心这样下去会变成畸形人，于是便不再热衷打乒乓球了。刚巧 70 年代初《唐山大兄》一出，港澳便兴起功夫热，于是便又四处拜师学功夫了，懂耍几个套路后，却心痒痒想去验证水平。我是读夜校的，课间休息，几个好此道的同学就跑到天台切磋切磋了，你打我一拳，我踢你一脚，属于乱来一类，被打部分虽然很痛，但依然死忍，若无其事地回课室上课，回家则拚命搓跌打酒。

70 年代初，我代表学校参加全澳学生运动会，在比赛时却被别人抛成条街咁远，我性格好胜，为一雪前耻，我便全情投入跑步，为练习体力，我每天早上沿着鲍公马路由山脚跑到主教山山顶十次，不单是徒手跑，还找铁匠造了两个不太重的铁环套在小腿上作负重练习，经过几个月的催谷，体力相当好，又到学生运动会时，我一落场便拿了五千公尺的冠军，而且破了纪录，在颁奖台领奖一刻，那种光荣感无与伦比。回到休息室，老师发觉我的小腿有点异样，用手一按，肌肉竟然陷进去没有恢复原位，他说："公荣，你的小腿跑肿了，小心，小心。"

体魄那样东西不像金银珠宝可以储存，只要你放下一年半载不锻炼，它会消失得很快，我明白怎样才能保持健康，也会听从医生的劝导，所谓流水不腐，只要你每天抽点时间做运动或多走几步路，控制一下食量，不要让身体再肥胖下去，延年益寿就有保障，而且更胜于什么灵丹妙药。

# 新的挑战？

政府下半年有个研讨会，主题就是挑战与响应。挑战和压力意思差不多，只是用"挑战"那个词，却显得有点气势，用压力与响应就显得较被动了，其实内涵都是一样的，都需要被挑战者或承受压力的主体来作响应的。挑战许多时候是外来的，属于"树欲静而风不止"之类，比如日寇侵华，你一旦变弱别人便会乘虚而入，不由得你喜不喜欢，要来的总是会来的，你要生存下去就要作出强而有力的回应。

中外历史，应对挑战，有失败也有成功的个案，但不是所有挑战都能应对的，一旦挑战一方太强、太霸道，承受挑战的一方又太弱太单薄的话，则往往会在巨大的挑战下永远沉沦或者消亡。中国的楼兰古国，曾经兴盛一时，却因为流经古国的河流改道，面对这项大自然的挑战，楼兰古国没有挺过来，没有水就没有粮食，百姓便各自找生路去了，最后，楼兰古国只留下一个沙丘让人凭吊。

面对挑战更上层楼的例子比比皆是，周平王为了避开犬戎的侵扰，迁都到洛邑，而秦襄公护周有功，周平王就将经常受侵扰的地方封给秦襄公，并对他说："戎无道，侵夺我岐、丰之地，秦能攻逐戎，即有其地。"事实上周平王就是要秦帮助他守边，秦一旦受封即需面对二十多个游牧民族，面对这项挑战，秦国没有退缩，开始励精图治，不断强化武功，因为长期处于战斗状态，所以整个春秋战国，秦兵以强悍善战闻名天下，最后由秦一统天下几乎是历史的必然。

其实，面对挑战而成功响应的，澳门是一个，回归初期，经济一团糟，库房只有二十六亿，而失业率高达 7.8%，如何应对这个烂摊子？政府决定开放赌牌，有资金到澳门投资才会有工开，更希望新赌场能吸引到欧美游客，一场沙士，却因祸得福，祖国开放自由行，出乎决策者意料的是，原来中国的老百姓，经过二十多年的发展，已成为国际上最具消费力的一群，于是出现刚刚遇到啮啮的情况，几年间澳门赌收迅速超越拉斯韦加斯，成为世界博彩业的龙头大哥，今天虽然赌收下降，但也是拉城的几倍。目前的情况，澳门又遇到新的挑战？

# 五千年文明

新郎哥拉着一位穿着红褂的新娘从大厦门口走出来，身后响起爆竹声，伴郎随即打开车门让新娘上车，不及五分钟，一出接新娘的喜剧便上演完了。爆竹的烟散后，门口"之子于归"那几字却使我感慨良多。别看轻这几个字，它是周朝《诗经》的句子："之子于归，宜室宜家。"周朝至今已几千年了，但今天我们使用那个年代的句子时却没有难度，我们称自己是五千年文明的古国，这几个字便是一个例证，中国的方块字是世界文化的一朵奇葩。其实人类历史上有五千年历史的古国屈指可数，埃及算是一个，只是古埃及的钉头文，当今世上能看懂的人极少。别说古埃及那样远，四百年前莎士比亚写的十四行诗，据说他所用的英文，今天需要专家才读得懂。

只是接触历史，有时候许多东西不禁令人唏嘘，苏轼称赞韩愈"文起八代之衰"，主要是到晚唐时，先秦时期那种质朴的文章不见了，代之而起的是些华丽字句的骈文，当然好的骈文也有但不多，例如王勃的《滕王阁序》等，另一个原因是文风背离了文以载道的方向，所以，韩愈和柳宗元推动的古文运动，改变了散文那种风格，将其重新引回正轨。只是韩、柳之后，质朴的散文渐渐又重走老路了，直到宋代时，欧阳修等人又再掀起古文运动，因为在宋初，连公文也需用骈文写，为了寻求押韵，又在堆砌字句了。奇怪那些古代文人，为何一而再地重蹈覆辙？

中国五千年文明包罗万象，但至今还在影响中国人的，相信莫过于儒学和老庄了，只是古代成为治国根本的不是老庄而是儒学，在文学创作上汪洋恣肆，想象丰富的庄子，虽然追随者甚多，但终究没有成为主流，一个重要的原因，是开科取士制度的确立。古代社会精英们捧读的是儒家经典，不问你出身何处、如何穷困潦倒，只要你通过寒窗苦读，过五关斩六将，考取到功名，便可进入国家官僚行列，改写自己的命运。至于封建王朝为何选择儒家而不是老庄学说作为治国依据，当然是儒学有过人之处。

# 避暑山庄

我对避暑山庄的认识是从历史书上得来的，1860年第二次鸦片战争，英法联军进攻北京城，咸丰帝匆忙带着皇室成员逃到承德避难，留下北京古城任由侵略者大肆奸淫掳掠，最后火烧圆明园。

一直以来总觉得这个山庄有点神秘，因为整个满清王朝，自康熙起，历届帝王到这个山庄超过百次。说到底都是皇帝的行宫别苑，以为建筑跟故宫相差不远，但踏入山庄，才发觉自己是错的，山庄完全没有皇宫的气势，像一座普通的四合院，连上院落的台阶也是用巉岩不平的山石做的。原来康熙修建这个行宫时就是特意搞简朴，本意是到那里狩猎，策马驰骋，以保持旗人那种马上得天下的传统。山庄外的街道热气腾腾，但在山庄的松荫下闲逛了一会儿，不单暑气全失，还隐隐然觉得有点初秋的凉意，号称避暑山庄，果然名不虚传。

晚上到承德元宝山看"康熙大典"历史剧，虽然入场费近三百元，但物有所值。露天剧场有千多个座位，舞台除面向观众席那面外，其他三面环山，但山不高。表演开始，五十匹战马从两旁飞奔而出，气势磅礴，"战士"的呼喊声、马匹的奔跑声充满整个剧场，而全身戏装的康熙出场，一招弯弓射鹿便拉开大典的序幕。剧情以倒叙的方式展开，少年到老年康熙由四个角色扮演，着意宣扬康熙怎样打造出康乾盛世。整出剧印象最深的是康熙观星那幕，绕着剧场的山林忽地亮起了无数星光，夜凉如水，我抬头上望，夜空也是繁星点点，天上人间合二为一，只是天上的星不及人造的星明亮。

最后一幕，年老的康熙等着从观众席上走向舞台，他刚好站在我的座位旁，身穿黄袍的康熙，面容苍老、憔悴，虽然明知他是演员，总觉得他眼中有种不甘心，人都会老，也会走向最后归宿，但权倾天下的帝王，享尽荣华富贵，太多眷恋了，秦始皇派出五百童男童女远渡扶桑寻找不死之药，但药未收到，人便客死沙丘。汉武帝也想与仙界沟通，花巨资养起几个奇人，最后证明都是骗子。正想间，三百个演员、五十四匹战马和四个康熙已在谢幕了。

# 圣人都有错

在我年轻时，一旦做了错事，母亲不单不会发怒，更不会施以刮耳光、打藤条之类的体罚，宽容到近乎溺爱，但这种"无为而治"的教育方法，却也很管用，起码我们兄弟并没有学坏，虽然没有什么大建树，和一般人一样默默地工作、生活，养妻活儿，等儿女都长大了，则希望他们开枝散叶，然后静待"佚我以老"的日子的到来。性本善、性本恶争论了二千多年，也不知哪个是真理、哪个是歪理，或许是我们身上没有坏的基因吧。只是在我做了错事后，母亲除了没有深责外，常常挂在嘴边的一句话："圣人都有错啦。"话语是暗示我所犯的错误连圣人也会犯的，也就不要挂在心上了。

中国人口中的圣人，一般是指孔子、孟子，属于有文化和道德高尚的人，但在孔、孟的年代，他们也讲圣人，孔子口中的圣人是尧、舜、周文王和周公旦等。宗教的圣人有圣迹，有超自然的力量，但中国的圣人是讲究如何为国为民、如何待人接物的，只是作为一种社会道德规范，在不同的历史时期，社会价值观不尽相同，所以圣人讲过的东西，许多在当时是合理的，得到大家的认同，但事过境迁，有些观点就显得不合时宜了，例如孔子在泰伯篇中曰："民可使由之，不可使知之。"这种观点，放在今天绝对行不通，但也不能因此认为孔子思想不可取，"三人行，必有我师焉，择其善者而从之，其不善者而改之。"这种处世态度合情合理。别人称赞他学识渊博，他谦虚地答道："我非生而知之者，好古，敏以求之者也。"至于对人性则有更深刻的了解："已矣乎！吾未见好德如好色者也。"这是历代知识分子打从心底里折服的言论，相信再过几千年也不会过时的。"己所不欲勿施于人""富贵不能淫，贫贱不能移，威武不能屈"等观点，固然可以锻造出许多硬铮铮的汉子，只是任何哲学思想都会发展和变异的，后世的愚忠愚孝，演变成吃人的封建礼教，不可不防。师长们提醒我们读圣贤书时要取其精华，弃其糟粕，不要囫囵吞枣地全盘接受，要"择善而从之"就是这个意思。

# 我看武术表演

## 武林群英会

武林群英会开幕之日，朋友在电话里兴奋地说："公荣，快点来吧，现场有折扇和入场票派，派完就没有了。"可惜当我赶到时，塔石搭建的场馆里早已座无虚席了，我唯有在围栏外凭栏远眺。锣鼓喧天，主礼嘉宾上台一按，金色的碎花井喷而出，这个武林盛会正式开始了。忽然想起，就是现在这个地方，未改建成广场之前是个露天篮球场，以前一直也是武术表演的热门场地。在上世纪70年代至90年代的二十年间，每逢庆祝国庆，许多时候都在塔石篮球场安排武术表演的，参加演出的团体都是一些以传授武术为主的体育会，例如工人武术健身班、罗梁体育会、重光体育会等七八个会派出运动员参加演出。约两小时内，锣鼓声加上表演者耍起拳棍时的呼喝声，把气氛推到极致。特别是70年代初因李小龙《唐山大兄》掀起的功夫热，使得这里每逢有武术表演都是十分热闹的，只是没有现在群英会那样盛大和华丽。那个年代，出场的运动员，一般都是足踏白布鞋，身穿圆领汗衫和扎脚灯笼裤，腰缠黑绸带，这样的服装虽然简单，也较市井，但隐隐然有种食"夜粥"的英气。是否虎背熊腰或骨瘦如柴，无遮无挡，一目了然，耍起刀枪拳棍来也方便。

武林群英会选择在塔石广场作主要场地，我认为是一个很合适的地方。在我站着的地方左面是旧爱都酒店，酒店后面就是新花园泳池，2004年武侠小说《白发魔女传》的作者梁羽生，应澳门笔会邀请到澳门担任主讲嘉宾，他说："吴陈比武打了三分钟，我却写了三十年武侠小说。"于是细说当年引发那场比武的前因后果，指出香港武侠小说长盛不衰的因由，是因为当时社会充斥着恶人，小市民渴望有警恶惩奸的英雄，也介绍继他之后出现的金庸。经他把酒话当年，由新花园那场比武引发的武侠小说风，一条清晰的脉络摆在眼前，知道现在家喻户晓的经典人物，如黄蓉、郭靖、杨过、小龙女和韦小宝的出现，多少也与这场比武有关，如果没有这场比武，金庸就不会出现，作家不出现，哪有经典大侠的诞生？

## 散打运动

塔石这个地方，2004年，就在近旧爱都酒店那边的草地上，有体育会搭建擂台举办"澳门藕手大赛"。藕手是咏春拳的专有名词，当然以耍咏春拳为主，所以，表演嘉宾中就有一队米机王咏春队，这些运动员功力十足，套路表演时虎虎生风，但当这些武师到台上与别的拳种对赛时，明显因为对方不断移动，所以很难击中对方，个别运动员更因空拳打得太多体力消耗过大，未被击中已气喘如牛了。最后一场是泰拳对垒，大家埋身搏拳，这才是戏肉。

武林群英会期间，《澳门日报》介绍散打，说中国的散打运动是从1979年在一些体校设立擂台开始的。事实上有段时间，中国武术运动虽然蓬勃，但多数都是以强身健体为目的的，有外国人嘲笑中国的武术是"舞"术。我记得李小龙去世后不久，有个体重二百多磅的美国黑人，他曾仰慕李小龙继而拜他为师，但只学他的腿功，其他都不要，当李小龙去世后，他要到功夫的故乡找人切磋，回美国后他撰文说自己由深圳一直切磋到北京，几乎未逢敌手，仅是在北京体校时被一个形意拳的教练把他摔倒，他说自己倒在地上并不伤心，而是喜悦，因为在老师的故乡，终于有人可以把自己击倒了。当然，这是中国的散打运动未兴起之时，现在中国的散打举世知名，换了他今天到中国，相信未出广州便已被人击倒了。

港澳的散打运动发展好像早于内地的，而且一直都发展得很好，1980年我到南区的一间学校礼堂看过一场擂台赛，两个选手的名字我已忘记，但记得甫一开赛，较高大的那位便飞起一脚直扫对方的头部，对方虽起手抵挡，可惜力度太劲，头部依然被踢中，眼角爆裂出血，但这个中拳的选手也趁对方收腿时标前，一记直拳便打在对手的鼻子上，开赛不够十秒，两人几乎同时中招流血，但两人还是打足三回合，且不分胜负。

记忆中散打运动在香港由70年代中期一直兴旺到80年代中期，后来停办，原因是在比赛中，一个选手被对方一记重锤劈中耳旁的穴道死亡，于是港英政府便叫停这项散打比赛了。


## 以指碎石

武术群英会主要表演场是临时搭建起来的。回想起来，以前许多武术表演也是这样做的。1974年嘉乐庇大桥通车，这是澳门开埠以来最威水的一项工程，之前澳门是连一条行车天桥也没有的，最宏伟的建筑物数来数去只有雀笼（葡京酒店）。除此之外，较吸引外地人眼光的活动是每年举办的格兰披士大赛车。所以大桥通车之日，澳葡政府隆而重之，举办的庆祝活动很多，不过现在还有点印象的只有两项，就是通车之日上午有一场长跑比赛，由路环市区跑回澳门，这是澳门开埠以来首次举办的三岛比赛。晚上则在氹仔赛马车场对面的空地上搭棚表演武术，那次表演，除了本澳有运动员参加外，香港也有体育会派出运动员来澳捧场。当时李小龙虽然已经去世，但由他掀起的功夫热正方兴未艾，我是武术迷，当然不会错过，晚上赶到氹仔，也像现在一样挤在人堆里欣赏香港运动员表演猴拳、大圣劈挂等套路，这些拳种在澳门从来没有人表演过的。看完表演，不知道是没有巴士回澳或者什么原因，我只记得当时是沿着海边经大桥徒步走回澳门的。桥上凉风习习，灯火通明，在大桥远望澳门半岛，除了葡京酒店那里灯光较璀璨外，整个小城显得一片恬静。夜景虽美，但这条路太长了，我足足走了个多小时才回到家。

大约在1985年，有广东武术队应邀来澳表演，演出场地是在圣若瑟学校的室内体育馆，圣若瑟学校旧址就是现在的中华广场。这次演出的明星级人物是气功师朱标，他表演硬气功以指裂石，那些拿来让他劈的、状如猪仔包般大小的鹅卵石，据说是从葡京酒店地下那个大鱼缸取来的。只见身形高瘦的朱师傅将中指食指合并高举，凝神运功，然后大喝一声劈下，鹅卵石便应声被劈开两边，可能劈石颇费气力，所以有时要连劈两三次才能成功。上世纪整个80年代，气功在中国相当流行，例如有气功师用头撞断石板，也有气功师挺着大肚子任人打等，但都是从电视看到的，现在目睹朱师傅以指碎石，大家都惊讶于中华武术的博大精深。

# 藏龙卧虎

细想起来，港澳的武风一直是很旺盛的。始作俑者是新花园的吴陈比武。但60年代初，即我少年时代电影院就有许多武侠电影了。我看的第一部武侠片是1964年余丽珍做主角的《半剑一铃》，那些被掌风打到会飞的巨石，可以看到被一条细绳牵着，还有一些画出来的飞剑、飞刀看着很过瘾，当然那些大侠都是警恶除奸的英雄，从此我便迷上了武侠片。60年代曹达华和于素秋的《如来神掌》，关德兴担当主角的黄飞鸿系列，姜大伟的《断臂刀》，到70年代李小龙的《唐山大兄》，80年代的《少林寺》，90年代的《男儿当自强》，到近几年的《叶问》《十月围城》等，五十多年间，武侠片似乎一直未衰落过。

在上世纪的60年代至80年代，澳门的武馆也多设在地下，例如南湾工人球场的工人武术健身班，蓬莱新巷的白鹤健身院、草堆街的建华体育会、巴素打尔古街的罗梁体育会等，晚上经常有人在练武术，锣鼓声和练拳时发出的吆喝声都常常吸引到路人驻足欣赏。

我住在夜呣街，离蓬莱新巷的白鹤健身院很近，这间健身院放满了举重用的器械，但中门大开，随时可以进去摸摸器械也没有人干涉，日间常见有健硕的壮汉在玩举重，他们手臂上那些巨型的"老鼠仔"最令我羡慕。晚上则铺上地毡教授蒙古摔跤。晚饭后有时觉得无事可干，我便会跑到那里看别人练习摔跤。

一直觉得观音堂那幅摔跤图画得很逼真，多年前，有一次与观音堂前住持机修大师同团去旅行，便趁机问他那幅图的来源，机修大师告诉我，约在上世纪 40 年代后期，一个北方来的摔跤高手在观音堂挂单，闲来自己便随他学习摔跤，为防日久淡忘，便将摔跤的主要招式描画下来，想不到这么一挂便挂了几十年。他还告诉我，有个花拳高手住在观音堂，为感谢他慷慨收留，便将花拳传授给他，打破花拳传内不传外的门禁。机修说完便扭头看风景，我看看眼前这个身材圆滚滚的释门中人，不禁暗自慨叹，澳门真是个藏龙卧虎之地。

# "食盐多过你食饭"

　　我们每天生活都必须作出抉择，但我们以什么来衡量哪些抉择是合理的？这是需要一个标准，但标准哪里找？我母亲以前挂在嘴边的一句话："我食盐多过你食饭！"言下之意是自己生活经验多，即要我不要驳嘴，所谓"不听老人言，吃亏在眼前"。年轻时听她这样说，表面虽然唯唯诺诺，但心底却是嗤之以鼻。其实你翻开中外的书籍，如果也算是有点教育意义的，一般都是生活经验的累积，或者是符合人性的一些行为记录，这些经验或行为一经提炼，往往会成为后世人生活的参考标准。《论语》也有许多这类经验："子曰：三人行，必有我师焉；择其善者而从之，其不善者而改之。"前八个字是生活经验，后两句则是孔子的生活态度。《述而篇》："子路曰：子行三军，则谁与？"意思是问孔子，如果你有机会率领军队去打仗，会找谁共事？"子曰：暴虎冯河，死而无悔者，吾不与也。必也临事而惧，好谋而成者也。"孔子意思是说不会找一些徒手与老虎搏斗、赤足过黄河、做事鲁莽、死了也不后悔的人共事，要找一些接受了任务恐惧完成不了又肯花脑汁出谋略的人一同工作。不信任那些视死如归、打死"把就"的鲁莽人，因为做事有勇无谋，是很难办成一件事的，这是生活累积的智慧，一点也不高深，但很现实。

　　现实生活经验体会得深，了解得透彻，往往是取胜的要素。宫本武藏是剑道高手，一生决斗过六十多次，但每次都能取胜，这些决斗胜则生败则死，所以必须考虑周详。一次对手抽中先选择决斗时间，而宫本则只能选择决斗地点，他选择在水稻田中决斗，结果在这次决斗中他砍杀了对手二十多人，因为对方虽然人多势众，但水稻田里尽是泥泞，一片松软，只有一个刀手能站在水稻田中间的田埂上与他对砍。那些围攻他的武士因腿陷在泥泞里转动不便，结果都成了宫本的刀下亡魂。这样的选择，是宫本认识到这个季节水稻田的状况，绝对不利于进行群殴的，所以对方人虽多，但在田埂上，宫本面前永远只会站着一个对手。

# 记忆里的茶楼

在河边新街麦当奴吃早餐，门前的斑马线人很多，这边来那边往，忽然想起，斑马线对面那座大厦，就是"品南大茶楼"的旧址，不过那是上世纪 60 年代的事了。我小时候经常随舅父来品南喝茶的，茶楼开在二楼，地板是黑白相间的瓷砖，向街的窗全开，那时坐在窗前品茶，张望对面的南光公司和远处妈阁前的树影。那时候我父亲刚去世，母亲又外出工作，舅父与我们同住在下环街一个小型木屋区里，闲暇时舅父只要在我家门口唤道："阿荣去饮茶。"我便飞扑出门随他到这里喝茶了。因为他就在附近的码头工作，喝完茶开工很方便，有时候弟弟也会一同来。舅父与一个女儿在澳门生活，舅母和另外的子女在乡下，每月需寄生活费回去，在澳门我们是最亲的两家人了。只是他是十分"霸道"的人，喝什么茶和食哪些点心，他说了便算，每次开好茶，他便替每人点一笼排骨，然后再来一碗白饭，我那时候已经十二三岁，扒一碗白饭当然问题不大，但弟弟只有六七岁，怎啃得下那碗白饭？童言无忌，一次弟弟嗫嚅地问道："舅父，我想食虾饺。"对于这种要求，他却严厉斥责道："食什么虾饺？虾饺哪会饱肚！一定要食饭才有气力，快扒饭！"舅父在码头帮渔船卸下鱼获，或者渔船出海时帮手送那些冰块到船上，所以气力对他很重要。弟弟自从那次食虾饺被骂后，以后每遇舅父请饮茶他再也不肯去了。

见我辍学在家，舅父便介绍我到火油公司工作，这份工需留宿看铺，从此便正式展开我的打工生涯。我不明白，那个年代想读书为什么那么困难，与现在真有天渊之别，不过一失一得，社会这个大学堂也教给我许多东西。想到这里，两个少年走近轻声说："阿叔，这两个有位没有人坐？"我摇摇头，他们便坐下来吸吮汽水和继续拨弄手机了。这才发觉刚才想到的事，距今已经五十多年了，舅父也去世三十多年，遗憾的是，长大后我从来没约舅父饮过一次茶，他会怎样看待我这个外甥呢？更发觉半个世纪的兜兜转转，原来自己的生活范围只不过是几条街而已。

# 随遇而安的心态

不久前赶贺朋友的新店开张，踏出门口发觉下雨，于是弃电单车改乘巴士，但车从西湾转到南湾政府总部前便寸步难移了，早前读报知道南湾要修路，经常塞车一条龙，想不到是塞得那样严重而已，车上渐渐开始有些骂声了，看看腕表，已到开张时刻，就算现在下车狂跑也赶不及了。况且车在马路中间，司机是绝不会放我下车的。

呆等之中想起苏轼游松风亭的文章，当时他已走到精疲力竭了，想游的松风亭还在远处，他忽然想起，在这里不可以休息吗？为何一定非要登到山顶不可，于是便坐下来，从而发出随遇而安的议论："由是如挂钩之鱼，忽得解脱。"苏轼当时从天子脚下被贬谪到潮汕地区，但政敌的迫害还是紧追不舍，如果没有一点洒脱的态度，是难以过活的。中国传统文化中最具影响力的是孔孟和老庄的学说，儒家那套"勤有功，戏无益"的训示压力很大，这种半途而废坐下来欣赏景色的态度，绝对不符合儒家老祖宗的教训。只是苏轼虽然读孔孟的书很多，但他也钟爱老庄那种着重融入大自然的态度，所以，他待人处事方式便有别于那些只拚命死啃四书五经的儒生了，不经意之间身上往往流露出"物至而即物以物物"的乐观心态。他到什么地方和遇到怎样的环境，都会很快适应的，而且从中找到乐趣。例如他刚被贬到黄州不久，便向地方官申请了城东近江边的一块坡地与儿子一同开荒种田，因为被贬之后，已没有什么官俸可领了，生活问题必须解决，所以要去耕种，但他懂得营造环境，在东坡那里修建了一座小屋休息，还在屋前种了不少果树，离开黄州之后他还十分怀念这片果林："手种堂前桃李，无限绿阴青子。"

有一次他郊游遇大雨，本已满身湿透，但他却说："莫听穿林打叶声，何妨吟啸且徐行。竹杖芒鞋轻胜马，谁怕？一蓑烟雨任平生。"苏轼那种豁达的心态是十分健康的，可以安定我们那颗忙碌的心。车一到站，我不再急于赴约了。跑进一间咖啡室，喝着奶茶，欣赏玻璃窗外由雨伞撑起的一道街景。

# 五十年前的那场大水

租了一部特别古怪的单车，所谓古怪是它的两个车轮有电单车的轮子那样粗。本来已骑上单车准备出发了，忽然一阵密雨，抬头，天上乌云密布，看来短时间雨也不会停。我向来持有一失必有一得的态度生活，所谓"塞翁失马，焉知非福"。于是撑着雨伞到附近的咖啡店，打算边喝咖啡边让神魂"上穷碧落下黄泉"地胡思乱想，认为这样也是另类享受。只是坐了一会儿，咖啡还未端上，雨便停了而且露出一点阳光，于是我对友人说："咖啡来时帮我打包，我现在去踩单车。"说完便匆匆赶到刚才那个单车档租车，骑着向金钟水库出发了。其实，我不是急着去运动，而是金钟水库这个名字我已认识五十多年了，但从来没有到过这里，我急着是要一睹水库真貌。

我的故乡是中山，少年时住在农村，在 1960 年左右，一天早上，刚准备上学，忽然大水涌入我们的村庄，而且越来越大，母亲连忙将我们兄弟赶到二楼躲避，我们靠着窗子，细数小巷中随水漂过的死猪、死鸡，偶然还有一些拍着翅膀、欢乐地叫着的鸭子。少年不识愁滋味，我们正在欣赏水浸街之时，母亲和姐姐们正竭力安顿家中浮起的木床和台椅。事后听村民讲，这场水灾的起因就是金钟水库崩了堤，是真还是谣传？一切都无关紧要，但此后金钟水库的名字便深深地印在我的脑海里。

踩着单车在绿荫小径上向前走，到一个观景台，凭栏俯瞰，那泓平静如镜的湖水，倒映着山色，景色清幽无比，只是我的眼球，却紧紧地注视着远处那条呈灰黑色的水库大坝，揣度着半个世纪前那场大水，究竟是由哪一角崩塌而引发的？但半个世纪的岁月，大自然那双巨手早已将一切痕迹抹得一干二净了。

归途中，身边越头而去的单车上，一个小孩问道："妈妈，老爷爷的车轮子为什么那样粗的？"虽然我穿上 T 恤牛仔裤，足踏运动鞋，而且戴着新潮太阳镜，装扮与年轻人没有分别，但也逃不出稚童的法眼，一眼便看出我的年纪，我不禁失笑，明白寓言《皇帝的新衣》中的那个小孩，并不是杜撰出来的，现实中的小孩就是这样。

# 做好本分

香港地铁车速很快，但也要几分钟才由金钟到达尖沙咀站，稍停又启动了。世界上的大城市几乎都建有地铁，地铁的工程贯通整个地下，解决了大城市的交通问题，方便了几百万人的出行，如果从一寸光阴一寸金角度看，地铁的运载速度，每天不知道为市民节省了多少时间，变相也在延长了我们的生命。车在微震中高速向前，我想到地铁既然这样重要，但从来没有人会感谢建造地铁的人们，更没有人为这些建设者唱过赞歌，这些长年累月每天在地底下工作的工程人员，也从来没有抱怨的声音，大概这些人并不视这种工作是在作贡献吧，因为自己虽然工作了一整天，但回家有巴士司机为你服务，到餐室有厨师、侍应为你奉上茶水美食，病了到医院也有医护人员呵护照顾，遇到偷呃拐骗，更有警察为你捉拿歹徒。大家心里都清楚，这个社会上没有任何一个行业是不重要的，这是个人人为我、我为人人的世界。

其实，每个人做好自己的本分，对自己从事的行业力求做到精通，这已是很不错的贡献了。四年前一个美国机师，他驾驶的客机发生故障，他用高超的技术，平稳地将飞机降落在一条河道上，没有一个人员死亡，整个美国都视这位拯救了几百条性命的人为英雄，但这位年纪偏大的机师却没有沾沾自喜，只是淡然地表示，保护飞机和乘客的安全是机师应尽的本分。做了好事不居功，视为理所当然，洋溢着一股敬业乐业的精神。但要知道，他练就的技术是花费了不少时间的。

敬业乐业和对自己从事的业务精益求精是既利人也利己的事，也可以说是成功的关键。澳门政府资助青年人创业，许多青年人利用这种机会合作开小食肆，但开了又关掉的也为数不少，我觉得一个重要原因，就是这些新店没有练就一样招牌食物便匆匆开张了。一些老食肆能够生存几十年，一点也不忧虑生意被抢走，正因为他们供应的嫩滑山水豆腐花、惹味的肉丸河粉和牛腩面都是独一无二的。所以，你如果没有特色的食物，要在这个充满美食的小城占一席位谈何容易。

（京权）图字 01-2024-5119

**图书在版编目（CIP）数据**

我与天蝎相望 / 公荣著. -- 北京：作家出版社，2024. 12. --
（澳门文学丛书）. -- ISBN 978-7-5212-3167-0

Ⅰ. I267

中国国家版本馆 CIP 数据核字第 2024X55T65 号

**我与天蝎相望**

作　　者：公　荣
责任编辑：宋辰辰
装帧设计：意匠文化·丁奔亮
出版发行：作家出版社有限公司
社　　址：北京农展馆南里10号　　邮　　编：100125
电话传真：86-10-65067186（发行中心）
　　　　　86-10-65004079（总编室）
E-mail:zuojia@zuojia.net.cn
http://www.ZUOJIACHUBANSHE.com
印　　刷：三河市北燕印装有限公司
成品尺寸：133×214
字　　数：315千
印　　张：10.5
版　　次：2024年12月第1版
印　　次：2024年12月第1次印刷
ISBN　978-7-5212-3167-0
定　　价：42.00元

**第一批出版书目**

王祯宝 《曾几何时》

水　月 《挥手之后还会再见吗》

邓晓炯 《浮城》

未　艾 《轻抚那人间的沧桑》

吕志鹏 《在迷失国度下被遗忘了的自白录》

李成俊 《待旦集》

李宇樑 《狼狈行动》

李观鼎 《三余集》

李鹏翥 《澳门古今与艺文人物》

吴志良 《悦读澳门》

林中英 《头上彩虹》

赵　阳 《没有错过的阳光》

姚　风 《枯枝上的敌人》

贺绫声 《如果爱情像诗般阅读》

袁绍珊 《流民之歌》

黄坤尧 《一方净土》

黄德鸿 《澳门掌故》

梁淑淇 《爱你爱我》

寂　然 《有发生过》

鲁　茂 《拾穗集》

穆凡中 《相看是故人》

穆欣欣 《寸心千里》

以上按作者姓氏笔画排序

第一批出版书目

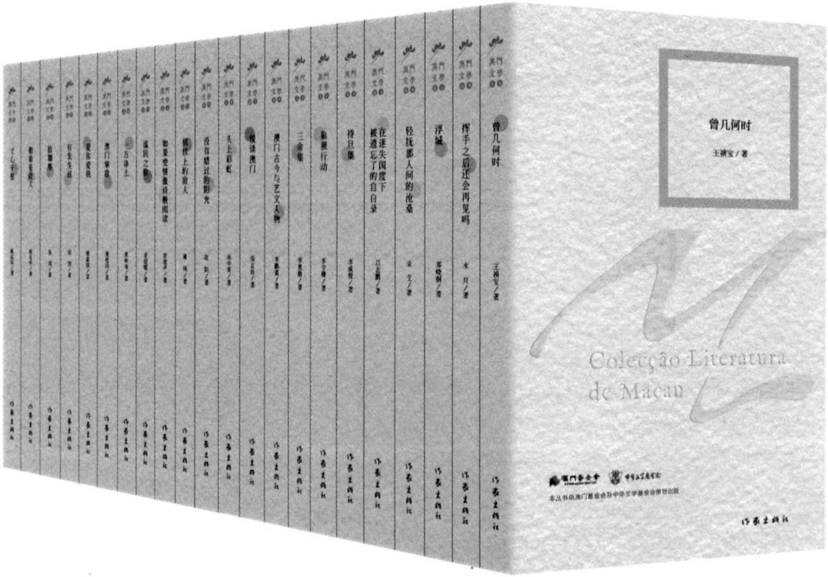

**第二批出版书目**

太　皮　《神迹》

尹红梅　《木棉絮絮飞》

卢杰桦　《拳王阿里》

冯倾城　《未名心情》

朱寿桐　《从俗如流》

吕志鹏　《挣扎》

邢　悦　《被确定的事》

李烈声　《回首风尘》

沈慕文　《且听风吟》

初歌今　《不渡》

罗卫强　《恍若烟花灿烂》

周　桐　《除却天边月没人知》

姚　风　《龙须糖万岁》

殷立民　《殷言快语》

凌　谷　《无边集》

凌　稜　《世间情》

黄文辉　《历史对话》

龚　刚　《乘兴集》

陶　里　《岭上造船笔记》

程　文　《我城我书》

程祥徽　《多味的人生之旅》

---

以上按作者姓氏笔画排序

第二批出版书目

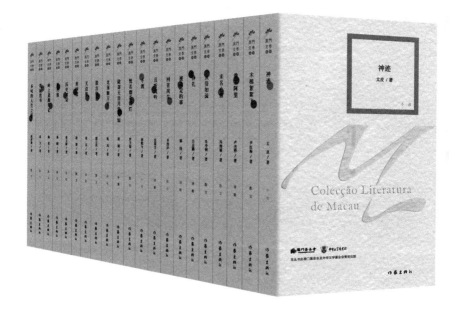

**第 三 批 出 版 书 目**

太　皮《一向年光有限身》

李文娟《吾心吾乡》

何　贞《你将来爱的人不是我》

陈志峰《寻找远方的乐章》

吴淑钿《还看红棉》

陆奥雷《新世代生活志：第一个五年》

杨开荆《图书馆人孤独时》

李嘉曾《且行且悟》

卓　玛《我在海的这边等你》

贺越明《海角片羽》

凌　雁《凌腔凌调》

谭健锹《炉石塘的日与夜》

穆欣欣《当豆捞遇上豆汁儿》

———————————

以上按作者姓氏笔画排序

第 三 批 出 版 书 目